大魚讀品
BIG FISH BOOKS

让日常阅读成为砍向我们内心冰封大海的斧头。

JONAS GARDELL

［瑞典］乔纳斯·嘉德尔 著

郭腾坚 译

TORKA ALDRIG

TÅRAR UTAN

HANDSKAR

戴 上 手 套 擦 泪

II 陪伴

SJUKDOMEN

甘肃人民美术出版社

20世纪80年代中期，美国某地一家医院内，躺着一个患艾滋病的垂死婴儿。

婴儿被他的家人抛弃了，孤零零一人。

病床前贴着一张冷冰冰的告示：

请勿碰触

天空、房屋、灯光，他们三室一厅的小小公寓里除了客厅以外，所有房间都铺上灰色的亚麻地毯。

灰得一片迷蒙。

在这样的日子里，一切仿佛都静止了，就连客厅天花板一角悬挂的木制海鸥吊饰也纹丝不动。

人行道与街道上已经不见积雪，冬天的沙砾仍然残留在混凝土与柏油路面上。

春光中可以看见公寓的窗户已经肮脏不堪。但也只能等温度回升到零摄氏度以上，才能开始擦洗窗户。

这是一项浩大的工程，想到就令人叹气。

布丽塔站在厨房里，面对着昨晚读经会留下待清洗的碗盘。他们邀请教区内另外两户人家来到家里，一起享用一顿朴实的晚餐，然后以最新一期《瞭望台，注意！》期刊的标题为素材，一起研讨《圣经》。

这期的标题是"保住您在基督教会的一席之地！"。

　　玛格丽特的笔记还搁在餐桌上，她真是够懒散的，丢三落四。

　　他们对她的管教的确太过宽松，但出事之后，他们再也没有精力纠正她的行为。

　　他们再也无法以严厉、一丝不苟的管教来纠正她的行为。

　　他们只能得过且过，抱守着已经残缺的一切，勉强度日。

　　布丽塔感觉自己好像坐在一架失事而急速坠落的飞机上，她生命的一切全都离她而去，往下急坠。

　　她只想站稳脚跟，抓住自己曾经拥有的一切。但仅仅是站稳脚跟就已无比艰辛。

　　持续而急速的坠落。她能做的，只是张开双臂，试图以全身之力握紧一切而已……

　　《保住您在基督教会的一席之地！》

　　天哪，那标题就像一个冷冰冰的警告，直冲着她和英格玛而来。

　　保住您的一席之地！

　　您要确切地保住您的位置，这样您才不会被遗弃在主的荣光之外，才不会成为迷途的羔羊。

　　有时候，她觉得这真是太不公平了！

　　正是因为她和丈夫始终如此虔诚，无私地奉献，甚至自我牺牲，远超过常人所能要求的范围，她才觉得不公平。

　　"如果你的右手使你绊倒，就把它砍下来丢掉。"

　　假如夫妻俩有那么一丝一毫没能尽到身为教会成员和耶和华虔诚仆从所应尽的义务，她或许还比较能承受这一切。

事实上，他们比任何人都要虔诚。

结果呢？她和英格玛竟然必须面对这样的悲痛、残缺以及绝望。绝望将如影随形地跟着她，为世间的一切和她的遭遇添上一层浓浓的苦涩、耻辱，以及他们背后不怀好意的眼神、非议、耳语、流言及虚假的怜惜。

这一切让他们现在只剩下半条命。

最让她感到煎熬的，就是见到英格玛变得如此郁郁寡欢。

她那高大、英俊、严厉又虔诚的丈夫，曾是许多人眼中的楷模，教会的代表，他的地位与威信就像高耸的悬崖，就像彼得当年在教会里所扮演的角色。

然后呢？瞧瞧他现在变成了什么样子！

整个人像被拦腰折断一般，虽然正值壮年，人生与事业理应达到巅峰，但他的背却开始驼了。

《保住您在基督教会的一席之地！》

研讨会全程，他始终噤声不语。

过去，他总是习惯性地坐在主位，气势十足地主持研讨会。现在，他怯懦地龟缩在角落里。这不可能是真的。他松垮垮地坐在角落里，乖乖地听讲、做笔记，仿佛必须再三表现出自己的谦恭，显示他已重新习惯自己现在的地位。

他们刚读过《希伯来书》最后一章第17节：要信任那些领导你们的人，也要服从他们，因为他们要为你们的灵魂时刻警醒，好向上帝交账。你们要让他们做得喜乐，不要叹息，不然你们就有损失了。

《圣经》诗篇中对"服从"一词的脚注完全照字面翻译："持续、不间断地顺服跟从。"

这正是她丈夫现在的处境：他相当认命。

他再也不是那个高大、英俊、严厉、充满自信的领导者了。

现在，他只是个恭顺的仆从，只能咬牙忍下这一切。

英格玛清晨5点就开始工作，昨晚又因为研讨会的关系，很晚才上床就寝。因此她一直拖到此刻——今天早上才开始清洗碗盘。

布丽塔一声不吭地清洗碗盘，水槽里满是灰色的污水。

突然，信件从门上的投信孔被塞到屋内，掉到地板上，发出咚的一声。

布丽塔停下手边单调的洗碗动作，在围裙上抹干双手，走到门口挂衣处查看信件。

她检阅信件时相当漫不经心，这也是一种怯懦的表现。他们昨晚在《圣经》研讨会上一直强调这点，要时时保持戒慎与警觉，但她现在就是做不到。

因此，当她看到那封信时，并未做好心理准备。

那是他惯用的信封：洁白的长方形信封，纸质厚实。

那是她再熟悉不过的笔迹：工整、清楚、小心翼翼。

她的心不由自主地开始剧烈搏动。明知此刻只有她在家，她还是本能地转身四顾，想确定没有被人发现。

但是她心里有数，有一对眼睛正看着她。

这是一次考验。

英格玛·尼尔森与布丽塔·尼尔森

角厂街十五号

117 34 斯德哥尔摩

她紧紧抓着信封。地址完全正确，正确到令人窒息，让人痛苦不已。为什么现在不能这样呢？

一想到他竟然将他们的姓名与完整地址以这种方式写在信封上，她就喘不过气。她费了好大的劲儿才勉强让自己不去想他，不去想这件事。

他的笔迹一如往常，果断坚决、毫不犹豫。

是的，一如往常。

她实在难以保持平衡，稍不小心就会摔倒在地。她无法控制自己，不住地喘息着，明知自己不应再看到这个寄件人的姓名与地址，但还是把信封翻到背面。

本杰明·尼尔森

车床街八号一楼

112 49 斯德哥尔摩

她感到全身一阵剧烈颤抖，不由得闭上眼睛。

他还在。而且有一个写得清清楚楚的地址。

阳光将眼皮晒得暖热，夏天来了。他们坐在游艇上，舷外发动机隆隆作响。小艇在港湾内顺风而行。玛格丽特趴在英格玛的肚子上睡着了。布丽塔的弟弟有一根老钓竿，而本杰明还在练习使用这根老古董。

"妈，你看！"他大喊着，转向她，得意地展示他从水里钓起的一根竹竿。他狂喜地盯着这根竹竿，天蓝色的双眼闪闪发亮。墨色的头发，被太阳晒得健康的古铜色肌肤。她如此深爱着他，以致内心疼痛不已。

她犹豫不决，先是眯眼，最后还是闭上眼睛。

她长叹一声，深吸了一口气，走进卧房。英格玛的书桌也在卧房里。她打开书桌的抽屉，将没有拆开的信放进抽屉。

即使她独自在家，身旁空无一人，她还是强迫自己不动声色，不要流露任何情感。

她心里有数，她绝对不是孤单一人；她心知肚明，这是对她的考验。要是没能通过考验，她在基督教会的一席之地也将不保。

除了刚放进去的那封信，抽屉里还有几封，信封上都是那工整的笔迹，写着他们两人的地址。

英格玛·尼尔森与布丽塔·尼尔森

角厂街十五号

117 34 斯德哥尔摩

但是没有一封信被拆开过。她关上抽屉，然后上锁。

她通过了考验。

昨天，三个小时内的降水量达到90毫米。老天爷，这简直就是末日大洪水。天空敞开大门，洪流倾泻而出。上帝仿佛彻底厌倦了科彭镇的居民，准备用大水将他们活活淹死。远方的修那伦德镇，铁路的路基甚至被冲毁，铁路交通从此沦为纸上谈兵。顺便一提，从1985年起，那里的客运就已经停了。

　　一切都在走下坡路。十年前，这座旧工业城其实一度回光返照，仿佛又可以望见前景。1981年，科彭镇一口气盖了十栋新公寓大楼。十栋啊！然而十年过去了，衰败的气息反而更加浓厚。

　　事实证明，过去几年，科彭镇元气大伤。

　　许多店家不得不放弃无谓的挣扎，关门大吉，包括销售童装与名牌牛仔裤的科彭商店、鞋店，还有广播电台、造纸厂。全关了！

　　说来说去，有一部分要怪他们自己。住在科彭镇的人甚至不想在科彭的商店买衣服，或在鞋店买鞋。大家可以冲到阿尔维卡的多慕斯百货，更可以到大城市卡尔斯塔的时装店、鞋店与其他店家朝圣兼购物。

不过几个星期前，那家菲律宾咖啡厅又换老板了。毫无疑问，店名当然也跟着改了。颇富异国情调的菲律宾咖啡厅被具有浓浓瑞典乡土味的"西恩尼烘焙屋"取代，至于烘焙屋在鸟不拉屎的科彭能够生存多久，只有天知道。

1989年5月，科彭镇的清晨。

田野间还覆盖着一层霜。霜雪落在墓园与墓碑上。

购物中心。

托许拖拉机有限公司，尼纳斯加油站，还有壳牌加油站。

爱丝崔德女子理发店早上10点开门。老板爱丝崔德穿着一件单薄的牛仔夹克，冷得直打哆嗦。

莎拉穿着居家睡袍，套着木鞋的脚上甚至没穿袜子，走到信箱旁取今天的《新维姆兰日报》。

草上还结着霜，空气凛冽，几乎与秋日无异。

她双手抱在胸前，连忙加快脚步。

门口砾石路旁新栽的雏菊，全被冻死了。

我就知道！莎拉边想边踢了其中一排雏菊一脚，整排花仿佛被放了气，被冰霜牢牢固定在地面上。她叹了口气，走进屋内。

哈拉德吃着早餐。过去他一向早起，无论是平日出门上班，还是可以偷闲一下的周末，最迟清晨6点就可以看到他在喝咖啡了。现在可不一样，他会赖床，拖拖拉拉，非得等到7点整或7点半才起床。

坐到餐桌边后，他会继续拖延出门的时间，这已经不是新鲜事了。平常莎拉自己也得上班，不知道哈拉德会在早餐桌前坐上多久，但周六早上他铁定会赖上一两个小时。

莎拉把报纸递给他。

就在昨天，奥斯卡港①发生空难，斯德哥尔摩地区选出的社会民主党国会代表约翰奥勒·派森和机上其他16人不幸罹难。飞机在着陆前突然失控，直接撞到地面。撞击地面时，机身爆炸并起火燃烧，机上所有人员当场死亡，无一幸免。

"报道"新闻台整天都在播这条新闻的即时消息，让哈拉德整天粘在电视机前，目不转睛地看。

5月9日，星期二，《新维姆兰日报》头版都是关于这场恐怖空难的报道，标题是《恸！空难十六人死亡》，旁边是飞机残骸的照片，还配有来自卡尔斯塔的全维姆兰省最具影响力的政治人物——社民党国会议员汉斯·罗森格兰的大头照。他也在这场意外中遇难，年仅47岁。

莎拉在餐桌边坐定，抓起一片从烤面包机里弹出的吐司，先把烤焦的部分扔掉，然后抹上奶油与果酱。

"你看吧，"她开门见山地说，"现在雏菊都死光了。"

哈拉德没搭腔。莎拉的口气中带着几许愤懑。

"我就说现在种雏菊还太早，你从来不听我的。"

哈拉德喃喃自语，口齿不清。

———————————————

① Oskarshamn，位于瑞典东南部卡尔马省（Kalmar län）的港口城市，为瑞典进出波罗的海的要冲，境内设有核能电厂。

"我说过，应该要再等一下。你说不用等，马上就种。我说这些雏菊很敏感的。结果你头一热，直接种下去了。现在怎么样？全冻死了！我就是要让你知道，它们全冻死了。"

哈拉德从报纸中抬起头来。

"死了16个人啊！"他大叫，"16个人！报纸上说，坠机现场简直跟电影里的战场没有两样。到处都是火和烟，简直就是地狱！大家平常是怎么说的？啊呀，这里不会发生这种事啦，这里可是瑞典喔！怎么说？这里可是绝对'安全'的。嗤！"

他翻到其他页，无心再看那一幕幕炼狱般的惨景。下一版报纸的标题写着"同性恋者饱受歧视，HIV阳性患者遭到骚扰"。

哈拉德眼神里闪过一丝惊慌，干脆移开目光，不敢再看报道内容，马上又换了一页，继续近乎绝望地喃喃自语："这里不会发生这种事的……"

莎拉继续嚼着烤吐司。

"不过话又说回来，5月地面还结霜，"她自顾自地说着，完全不理哈拉德，"怎么会有这种鬼天气，5月不应该结霜的！"

莎拉与哈拉德家的花园里结满了霜。

新栽的雏菊全死光了。

同时，一架飞机在奥斯卡港坠毁，机上16人无一幸免，包括来自维姆兰省的国会议员汉斯·罗森格兰，以及出身于斯德哥尔摩、名闻全国的政治人物约翰奥勒·派森。

寒霜紧紧攫住了科彭镇的田野、林园、厂房、小工业区，以及奄奄一息或早已关门大吉的店家。

现在应该是春光烂漫的5月初，严冬应该进入尾声，万物应该充满活力、欣欣向荣才对。

同时，距离科彭镇数百公里远的斯德哥尔摩，他们最疼爱的独子拉斯穆斯躺在南区医院53号病区5号病房的病床上。

身上插满各种止痛与提供营养剂的点滴和塑料软管。

此刻，他的身躯轻薄如纸。年仅25岁，却死期将至。

不，5月的大地，不应该结霜的……

约莫一小时后，布丽塔总算忙完了手边的杂务，坐在书桌旁。她洗完所有碗盘，将餐桌与洗手台擦拭干净，将玛格丽特的笔记本塞回她的卧房。最后，事情总算都做完了。

这是一张桃花心木制的书桌，是英格玛从父亲手中继承来的。他的父亲终生从医，而他就是这张书桌的继承人。

自从英格玛成为耶和华见证会成员后，他和双亲之间只剩下礼貌性的零星往来。

英格玛已尽了最大努力，说服双亲一起加入教会，但他们始终对此冷淡。他们对他的一事无成非常失望，在他们眼中，他与她结婚，加入教会，简直是浪费生命——医生的儿子条件跟别人不一样，怎么可以屈就于清洁工这种工作——这么多年来，布丽塔的公婆始终不愿与她有所联系，几乎就像陌生人一样。

当然非常不幸，但这种事常常发生。除了英格玛与布丽塔，教会里还有许多成员也不得不忍痛做出类似的牺牲。

布丽塔打开平常放置纸笔的中间一层抽屉，取出信纸和笔。

她努力强迫自己冷静、克制，不要有任何感情。

她现在虽然是独自一人，但仍然不动声色。

即使有人正在观察她，也会为她的表现满意地点点头。

对，就是要这样。

时时刻刻都要遵从诚实与正直，为人处世本应如此！

这就是基督徒应有的操守。

她开始写信。

1989年5月9日，斯德哥尔摩

本杰明，我的孩子：

我们又收到你的信了。

之前，我请你不要再写信来。现在，我还是请你不要再写信来。

笔尖在信纸上飞舞着。她的字迹相当娟秀，但有一点飘忽。即使她早已知道自己要写些什么，但写这封信还是花了她一点时间。

你要了解……

她继续写着，然后暂停了一下。

假如有人正在监视她，这几秒钟的暂停可以解读为犹豫不决、意志薄弱的表现。

不，这样实在不好。但是，不管她再怎么铁石心肠，强迫自己不要在信仰上露出破绽，她还是忍不住停顿了几秒。

她再度动笔，写得更加缓慢，仿佛要将感情与字句一并拖延下去。

我爱你。我希望你一切安好。

她再次停顿，手指指尖紧紧握着钢笔，她发现握笔的手止不住地颤抖。颤抖的手再度暴露她的意志不坚，她心里有数，但她又该怎么办呢？这是人之常情……

她爱他。

她再度强迫自己不动声色，写下最后一句。

这是她的职责，忠诚、果决、不再犹豫。

她爱他。

但是，我假装你不存在。

天空异常壮阔，蓝得令人感到不可思议。短短几天光景，春天就已退去，宣告初夏的到来。这是1986年的6月初，户外温度达25摄氏度。淡蓝的紫丁香和野樱桃都盛开着。

　　保罗正在等着赛尔波与拉许欧克快步跟上，他喜滋滋地喊了一声："瞧，这些花开得可真灿烂啊！"

　　他居高临下，站在从悦塔街到圣灵丘最高一级石阶上，焦躁地跺着脚。表演艺术学院的校区就坐落于此。

　　保罗手中拿着用玻璃纸包装好的一大束花，一边不耐烦地用花束拍打着石阶两侧的扶手，一边对着还在石阶下慢慢往上爬的赛尔波与拉许欧克大喊："老天爷……剧马上就开演了！听到没有！"

　　一如往常，赛尔波慢条斯理地照自己的步调来，不受保罗影响。赛尔波很有耐心地跟在拉许欧克的身旁，一步一阶，随时准备在需要时扶他一把。

　　"这很花时间的……"

　　拉许欧克不停地喘息，只得停下来休息。他迅速露出一个羞赧的微笑，仿佛在致歉，手掌心满是细细的汗珠。

"扭扭捏捏个屁！"这会儿，保罗不假辞色，两眼朝天，仿佛居高临下地从宝座上吼道，"赛尔波，你他妈没骨气的混账，你老是溺爱他！"

一对陌生夫妻从这两个男同志身旁经过，假装没听见、没看见，没发现情况不太对劲儿。他们只是眼神僵硬地盯着前方的石阶，对两人不屑一顾。

这就表示，他们不只听见了、看见了，也发现了。

夫妻俩争先恐后地挤到赛尔波与拉许欧克的右边，差点被彼此绊倒。两人都急于与这个挂着拐杖、满头大汗、异常瘦弱的男子及他的男伴保持一定的"安全距离"。

这就够明显了。

几乎可以触碰到两人的恐惧与厌恶。

这跟平常那种"干你娘，两个死娘炮，恶心！"的厌恶相异。这是另外一种形式，比较接近"你看到他那副样子没有？老天爷啊，这不会通过空气传染吧？那个同性恋没有用手碰到栏杆吧，啊？我们回家一定要把手洗干净啊……"

对，这就是另一种厌恶。

赛尔波由下往上对保罗喊着："好漂亮的花啊！是给班特的吗？"

保罗满意地审视着手上的花束。

"本来是这样没错。可是，你瞧，我今天穿得跟这些花多么相配！所以它们应该全归我了。"

拉许欧克又开始努力往上爬。

"拉斯穆斯在哪儿？"他对保罗喊道，仿佛只是要找话讲，好隐藏自己的疲累。

保罗只是耸耸肩。

"嗯，他要不就在哥特堡，要不就是死了。反正，我不知道啦。"他低头瞧瞧腕表。

"等你们上来，天都要黑了。老天爷，拉许欧克，你不是有代步用的电动车吗？你行行好，下次记得坐车来，拜托……"

最后，两人总算爬上最后一阶。拉许欧克上气不接下气。

"问题是，我就没有电动车啊！他们不发给我啊！"

他面向阳光，眯着眼睛。一阵熏风袭来，捎来了属于初夏的气息。

"啊，对了，今天天气真是好极了！"

保罗相当轻蔑地哼了一声，使出自己最娘的埃斯基尔斯蒂纳口音："班特就要从表演艺术学校毕业了，今天是他的毕业公演，拜托你改天再来享受这天杀的'好天气'，行吗？"

拉许欧克好像没有马上领悟到保罗的意思，停顿了一会儿，像是在认真琢磨他的弦外之音。

"好……"他温温吞吞地点点头，两眼直视保罗，努力把一整句话讲完，"……但我没办法。"

拉斯穆斯没死，人也不在哥特堡。他和新恋人本杰明从他们位于国王岛边陲的租屋处一起骑着自行车出门。

他们加速骑过西桥，置物架上的毛巾在风中飘扬。

两人并肩而骑，有时其中一人稍稍领先，有时互换领先位置。他们又笑又闹，彼此逗弄着，双脚踩踏板的速度如此之快，以致大腿与小腿都快抽筋了。

两人的感情关系与相处情况，大致上就是这样。

就像一场进行中的摔跤比赛，在紧张与松弛、玩笑与严肃、恩爱与侵略之间徘徊。

“我看啊，不用两个礼拜就吹了，哼！”他们刚在一起时，听到消息的保罗又是噘嘴，又是咳嗽，伸手掏出一根金黄色布兰德香烟。

那次，保罗边抽烟边狂咳嗽，噘着嘴铁口直断他们的感情绝对不会天长地久。然而，他们在一起已经三年半了。

事实上，除了工作时间之外，拉斯穆斯与本杰明几乎形影不离。有时，他们甚至连工作时间都窝在一块儿。

过了西桥，他们便右转，骑过“公园里的小拉斯”咖啡馆。过去这三年的夏天，拉斯穆斯都在这家咖啡馆上班。

本杰明通常会在打烊时分的夏日余晖中，坐在咖啡馆外的凉亭等待，他通常那时才从五金行下班。

他等着身穿紧身白色汗衫、系着深色围裙的拉斯穆斯，将最后一摞待洗的碗盘和咖啡杯收拾干净。

有时，本杰明想要的，就只是坐在拉斯穆斯的身旁，欣赏他年轻健壮的身体，瞧瞧那经历一整天滞闷黏热的柔软肌肤在夕阳余晖中闪闪发亮……本杰明的眼神始终围着拉斯穆斯转啊转，而拉斯穆斯只顾着在各桌走动，收拾餐具。仿佛天神之子，能够青春永驻，年华不老，全世界所有时间都是属于他们的。

然后，他和这位"神子"就吃当天剩下的肉丸三明治当晚餐，再一起去游泳。

本杰明此刻与拉斯穆斯正骑在通往长岛区西侧的小径上。当其中一个踏板与链条护板产生摩擦时，本杰明的自行车就会嘎嘎作响，而且很有韵律——嘎，嘎，嘎。

他们骑到最西侧的岬角，把自行车一扔，跳到水边石头上，比赛谁最先脱光衣服下水。

他们总是玩这个游戏。

本杰明一开始还是严守平常的生活习惯，将长裤与衬衫叠得整整齐齐，拉斯穆斯则是随性地将衣服一扔就下水。当拉斯穆斯"卸装"完毕时，本杰明才刚脱到一半。

他们今天其实没时间游泳的，他们早该抵达表演艺术学院，和保罗一伙人碰面，今天可是班特的毕业公演。但看到天气这么好，他们就决定要偷个时间，游泳去。

这将是他们今年夏天第一次游泳。

拉斯穆斯从一块高出水面整整一公尺的石头上一跃而下，扑通一声跳进水中。

"啊——"他浮出水面，重重地哼了一声，"冷死人了！你这胆小鬼，还不跳下来试试！"

"我就来了！"

本杰明已经把衣服摆放得整整齐齐，确保它们不被弄湿，然后小心翼翼地下到石头上，蹲着颤抖，不敢下水。

他非常怕冷。

他迟疑地微笑着，然后才缓缓滑进水中，发出实在不太像男性该有的呻吟声。

"啊……呜……"

拉斯穆斯放声大笑，游到本杰明面前，亲吻他。

"还要发誓啊？哈哈，不用这么虔诚吧！"

"谢谢，我很好，"本杰明打了个冷战，小心地试游几下蛙式，"不过我们现在得上去了，不然班特的毕业公演要结束了。"

"好啦。真是个胆小鬼，不敢游泳！"

"我们已经迟到了……"

"我不是说好了吗？"

这份急切与不耐清晰可辨，好似他们都意识到时间紧迫而急着在一起。

几年后的今天，本杰明会相当谨慎、细致地梳理拉斯穆斯日渐稀疏的头发。那将是个美好的日子。几年后的今天，拉斯穆斯会坐在轮椅上，推近窗前，仿佛凝视着斯德哥尔摩南郊的奥斯塔湾。他皱着眉头，虽然全神贯注，眼神却已显得迷茫，只是瞧着正前方，双手在膝上纠缠着。能有人替他梳理一下头发真好。

"我看起来怎么样？"他将会这样问。

"好极了！"本杰明将会这样回答。

"是不是光滑、浓密？"

"没错，既光滑又浓密！"

拉斯穆斯咧嘴微微笑了一下，笑得很不自然，很痛苦。

他当然知道本杰明在骗他。

但他喜欢被本杰明骗。

同样，本杰明也知道拉斯穆斯在骗他。

他也喜欢被拉斯穆斯骗。

保罗、拉许欧克、赛尔波与其他观众一起坐在观众席的黑色长凳上。

"把枕头给我！"拉许欧克要求。

赛尔波把他们随身带来的枕头递给他，给他充当坐垫。

拉许欧克恼怒不已地喃喃自语。

"这瘦屁股，哪里都不能坐，痛死人了！"

"哟，您今天可真是盛装出席。"保罗添油加醋地揶揄他。

拉许欧克穿着一件破旧的深蓝色棉质运动裤。他整张脸突然一亮，拍打着这件破旧的衣物。

"呵呵，你说这件长裤啊？我整个衣柜里只有这件穿起来不会痛。这是我最喜欢的裤子。我曾经想过，要是我翘辫子了，进棺材一定要穿这条裤子。"

"好主意，"保罗插嘴，"史坦那边也有杰夫·斯瑞克[1]的影片喔。"

大伙哈哈大笑。保罗继续添油加醋。

"话说这臭婊子真是笨到没药可医了，空有影片，竟然没带播放器！"

"是啊是啊，"拉许欧克不悦地哼了一声，"管他的，反正我已经决定穿我最贵的阿玛尼西装了。"

"啥？你真有阿玛尼西装啊？"保罗由衷地感到惊讶，仿佛对拉许欧克的这段宣言印象深刻。

"没错。我要把它穿进棺材，这样我那些亲戚就没办法跟我亲爱的赛尔波抢这件西装了。妈的，那些老不死的真讨厌！"

本杰明与拉斯穆斯踩着自行车前往表演艺术学院，路上经过一家书报摊，晚报上印着斗大的粗黑标题外加黄色镶边，非常醒目。

拉斯穆斯一看见《晚报新闻》的头版标题，马上紧急刹车。

本杰明骑在前面，回头察看拉斯穆斯，大声提醒他，他们没有闲工夫耽搁了。但他发现拉斯穆斯不答话，就往回骑，看看到底发生了什么事。

同一瞬间，当他瞥见那斗大的标题时，马上就明白了。

真是煞风景。他们今天玩得很快乐，这本应是美好的一天。

---

[1] Jeff Stryker（1962—），美国著名的色情演员，以扮演双性人和同性态者著称，现居美国加州。

他真搞不懂这个该死的社会。

幸灾乐祸。秘而不宣却又显而易见的仇恨。

尤其是在这美好的夏日，蔚蓝的天空一望无际，属于盛夏的芬芳花香扑鼻而来。

晚报头条那斗大、黝黑的粗体字却向他们大声"吼"出这个事实。

这实在太明显、太蓄意，无法视而不见。

仇恨。

"我们的牧师表示：他们活该得艾滋病。这是报应！"

几分钟后，拉斯穆斯和本杰明冲进门，坐到保罗、拉许欧克与赛尔波旁边。

"很好，大家都到齐啦！"保罗郑重宣布，"只差莱恩了！"

剧场门窗紧闭。戏还没开演，但室内早已闷热得令人窒息。

大家吸入彼此呼出的空气，好像有人在咳嗽、清喉咙，还有人打喷嚏。

皮肤上，满是细细的汗珠。

整个表演厅座无虚席，每个人紧紧挨着旁人，依次而坐，连摆放手肘的空间都没有。几乎是手牵手、肩并肩，身体紧贴着其他人的身体。

坚硬的木质座椅使人难以久坐，已经有好几个人伸展腰背，想换个舒服一点的坐姿，可惜徒劳无功。

观众间不耐、嗡嗡作响的呢喃声渐渐停息下来，大家聚精会神地瞧着舞台。舞台的黑色木质地板看起来陈旧不堪，上面安放着另一个体积较小、纯手工打造的木质舞台。小舞台的帘幕尚未拉开。无论是受邀的观众，还是不请自来的观众，都是剧场常客，都知道契诃夫①的喜剧作品《海鸥》第一幕的重点，就在年轻的康士坦丁为爱人妮娜所写的舞台剧中。

拉许欧克喃喃抱怨着拉斯穆斯和本杰明迟到。本杰明低声道歉，表示他们只是在水里"泡了一下"。

"哟，你们把冬衣脱啦。"赛尔波耳语道，"今年第一次下水游泳？我们在芬兰都是这么说，'把冬衣脱掉'。"

"是的，我们的确这样做了。"本杰明同样耳语回答道。

"你们讲什么悄悄话，大声讲嘛。"拉许欧克咯咯笑着。

"对了，刚说到莱恩，你们看过今天的《晚报新闻》没有？"

拉斯穆斯突然刻意抬高音量，把旁边其他人吓了一大跳。

"我们的牧师表示：他们活该得艾滋病。这是报应！"他挥舞着手中的晚报。

四下一片死寂。

牧师的话，在使人窒息的空气中回荡着。

他们活该得艾滋病。这是报应！

有人转过身来，瞪着他。

① Anton Chekhov（1860—1904），俄国知名小说家，其创作的短篇小说影响后世文学界至深。他的四部代表剧作之一《海鸥》，以描述两个年轻男女演员在排演剧中剧《海鸥》为开端。

说不出那是什么眼神：是被吓到而想撇清，还是只是好奇？

拉斯穆斯对那人怒目回视，然后猛然用力摊开报纸，吼道：
"通通给我听着！'如果艾滋病是针对同性恋者，使他们生病，
让他们觉醒、回头，那艾滋病不失为一项福音。'这个牧师叫本
特·毕格森，来自哥特堡，41岁。这篇是他针对艾滋病写的辩论文
章。听好了，他说：'罹患艾滋病的同性恋者，如果能够彻底觉
悟，了解到身为同性恋者是最大的罪过，那么我们可以这么说，艾
滋病完成了一项使命，它传达了上帝的信息。虽然是疾病，但最终
导致了善果。'"

拉斯穆斯愤怒的声音在死寂的大厅中回荡，就像一道挥之不去
的阴影，笼罩着每一个人。

拉许欧克脸色惨白，难以呼吸。

"这算哪门子牧师？这算什么……狗屁福音啊？"他愤懑不
平，绝望地耳语。

拉斯穆斯继续朗诵牧师的"福音"。

"他说：'宁愿病死，也比当同性恋者好得多。'"

观众中一个老先生探出头来，愤怒地对着拉斯穆斯喊叫："够
了，现在闭嘴行不行！大家挤在一起已经很不舒服了。"

拉斯穆斯全然不予理会，继续挑衅般地朗诵着，音调更高且更
加尖厉。

"记者问他：'如果你的儿子不巧是同性恋者，你还会这么说
吗？'牧师回答：'如果艾滋病是使他获得永生的唯一途径，我由

衷希望他得艾滋病。这样总比他继续活着，继续当同性恋好得多。他要是继续活着当同性恋，就得不到永生了。'"

这时大厅灯光转暗，瞬间熄灭。拉斯穆斯来不及继续念下去。

有一两秒的时间，大厅一片漆黑。数道闪着黄光的探照灯悄然打开，用温暖柔和的光线照亮前方陈旧黑色地板的木质小舞台。舞台上，一对年轻男女正在对话。女孩身穿黑色洋装，观众都看得出来，他们微微颤抖着，显得有些紧张。

饰演麦德维丹科的男演员率先发问："你怎么老是穿黑衣服？"

饰演玛莎的女孩回答："我在服丧，我在哀悼自己失落的生命。"

全剧正式开始。

其实莱恩并不孤独，格特还在他的身旁。

就像先前保罗、赛尔波、拉许欧克和其他人一样——那些曾经陪伴他的人。

时间不存在。时间正在流逝、消散，化为乌有。

就像晨曦初探之际青草上的朝露。

莱恩心想，这一点都不奇怪，就跟往常一样。

他习惯将自己隐藏起来。

他小时候就经常这样，把自己藏起来，躲在后方，与其他人保持明显的距离。

他在家里与妈妈、养父及兄弟相处时就经常这样。他在学校时更常把自己藏起来，不让别人看见。

无论是下课休息时间，还是中午派发午餐的时候，莱恩总是形单影只，一点存在感也没有。

一个人要自闭到这种程度并不容易，但莱恩很早就发现，只要他聚精会神，他就可以成为真正的隐形人，不被他人注意或察觉。

他可以成为宇宙间漂泊不定的幽灵，听不见、看不见；没人看得见他，更没人听得见他——到了这个境界，他就真正自由了。

虽然站在学校操场上，他却仿佛一具行尸走肉，对其他人打不还手、骂不还口。

他早已神游到另一个国度，再也听不到任何声音。

纹丝不动，合上眼皮，然后又睁开。眼神迷茫、空洞，无视他人的存在。

冰冷的课桌椅铮亮生光，散发着清洁剂的味道。他的脸颊贴紧玻璃，透过窗户向外瞧。老师在讲台上口沫横飞，他充耳不闻、视若无睹。

在家里情况也一样，只要他聚精会神，一样可以不被发现。整天窝在自己的房间里，就可以不被找到。对，这全是专注与否的问题。

唯一奇怪的是，他身上开始散发出跟课桌椅一样浓烈的清洁剂味道。这味道如影随形，从学校操场到家里，一路紧紧跟着他，只要一闻到清洁剂味道，大家就知道他来了。他平时睡觉总习惯侧躺，将脸靠在墙边；现在床单上，乃至厨房水槽待清理的厨具，都散发出浓浓的清洁剂味道。

到处都是清洁剂的味道。

挥之不去，欲盖弥彰。

他猛然睁开眼睛。心理的恐惧与肉体的痛苦牢牢攫住了他。

他的眼神不安地逡巡着，想搞清楚自己到底在哪里。白色的墙壁与天花板，还有紧闭的窗户。清洁剂的味道很刺鼻，他不由得发出一声哀号。他想起来了。

他想尖叫，却叫不出声。

没人会听见他的尖叫。

如果他真的放声尖叫，却没人听得见，又有什么差别？

他必须专心致志，远离痛苦，远离恐惧，远离这恐怖的房间。

但这又谈何容易！现在，所有的事全混在一起了，到处都是乱糟糟的一团。

他的生命就是一团乱七八糟的大杂烩。

先是在斯德哥尔摩，然后是西瑞典博户斯附近的芮索岛，然后又回到斯德哥尔摩，最后到了这里，这个白色小房间。

2号隔离病房。

他曾翻阅过北欧百科全书，知道这座位于斯德哥尔摩的传染病医院设立于1893年，位于市中心北郊处，离罗斯勒海关只有100公尺，离市中心国王花园旁的格斯达夫·阿道夫广场2.7公里，离海洋仅仅30公尺。

真是该死。仁慈的上帝啊，够了吧，这样够了吧！

这家医院盘踞在一座陡峭、高耸，几乎完全与世隔绝的山壁上。隔离病房位于漆成金黄色的低矮小木屋内，病人就在这里接受诊疗与看护。每个病房都有互锁门，有几间病房的互锁门甚至直通医院入口。庭园内有一栋黄色石屋，里面是职员休息室与交谊厅。院区内当然还有小礼拜堂，但最重要的是，这里设有一座焚化炉。

这里真是应有尽有，自成一片天地。

山脚下，整座城市的喧嚣无法上达此地。

没有噪声，没有嘈杂的人流与车流。

当然，更没有生机。

医院与城市里的人、正在发生的事同时并存，然而这里的一切却早已停滞。

生命仿佛有意在此屏息凝神，不敢贸然吸入任何一口气。

高出海平面30公尺。

离罗斯勒海关仅有100公尺。

离格斯达夫·阿道夫广场仅有2.7公里。

这就是他的毕生追求——与其他人之间明显的距离。

莱恩其实只是个瘦小平凡的男子，他的一生并无任何过人之处。可是，到了最后，他的故事却变得惊天动地，令人难忘。

关键在于他死去时的模样极为凄惨，叫人不寒而栗。

他的罪孽，最后落得报应。

他出生时的瑞典，是一个黑白分明、两极对立、没有太多公共讨论和多元观点的瑞典。一如我们所知，之后的瑞典变得绚丽多彩。但在莱恩的年代，包括电视荧幕画面在内，一切都是黑白的。

他的童年时期，就他回忆所及，一切都是黑白的，有时顶多出现一点迷蒙的灰。

非黑即白的国度里，一片死寂。

一列火车飞逝而过。

驶过的站名包括富林站、卡特琳娜霍尔姆站，还有位于奥勒布鲁的拉克索站。

有时站名叫海尔利永。看到这个站名，大家会不约而同下车，转搭轻轨客车。

轻轨客车其实根本不是客车，它就跟其他火车一模一样，取这样一个名字只是故弄玄虚而已，它只不过是世间众多名不副实的事物之一。在西约塔兰省，住在车站附近的居民总该知道轻轨客车不是公共汽车，只是一般火车。

虽然轻轨客车本质上就是火车，但它还是被叫作轻轨客车。也许，这只是要让世人彻底觉悟：生命的本质远比我们肉眼所能见到的更为深奥而神秘，上帝是无法捉摸的，他的造物是举世无双的，他的真意与目的是人类无法理解的。

上帝就在他亲手创造的、富丽多姿的一切事物中展现无遗。车厢的类型、名称和铁轨的种类，其用意何尝不是如此？上帝是不可捉摸的。

也许，这只是麻醉剂的一部分。

甚或两者皆是。

世人大都可以通过脑力激荡展现自己对上帝的欠缺了解。

例如，世人或许认为：上帝总不会主张去善而为恶吧？然而下一秒，他就证明世人的猜想是大错特错。他只想让自己无法捉摸，不让世人有机会了解他的本质。

再如，世人或许会觉得：上帝一定是睿智的吧。这样想的人必须重新思考，因为他显然不准备接受世人的定义，也绝不让世人有机会贬损他，他的各个面目、展现的一切神迹与力量，都是不可捉摸的，世人只能被动地接受，别想擅自定义或解读。

这类的脑力激荡其实扩张了我们的意识空间，无形中在我们体内塑造出一道隐晦的真空，让上帝有机会通过各种新面目显灵，向我们再一次证明：对他而言，没有不可能的事。

也许，重新调整角度思考火车究竟是不是火车、客车到底是不是客车其实是有益的。事物的本质远非我们肉眼所见，上帝的每一项造物都是全新的、正待检验的，都应该得到自由茁壮发展的空间，在无垠、物种繁杂的寰宇间，充分展现其独特性。

总之，不管怎样，到了乌德瓦拉站，还要再换一次车。

在乌德瓦拉站与终点站斯特伦斯塔德①之间，还有好多小站，每站的格局都大同小异：小小的红砖建筑，车站一楼就是候车大厅与售票处，站务员就住在楼上宿舍里。每座车站的正面都立着一块广告牌，广告牌上标明该站到哥特堡和斯特伦斯塔德的距离，还有该地精确的海拔高度。

莱恩和母亲就在克拉根奈斯②站下车，迎接他们的依旧是那千篇一律的红砖车站建筑。那时是6月初，一切就从那天开始。

---

① Strömstad，位于瑞典西约塔兰省西境，是瑞典与挪威的边境城市。由于挪威酒类税率远高于瑞典，政府特地在此设置酒楼专区，以供挪威人消费。
② Kragenäs，位于西瑞典博户斯附近的小镇，境内设有国家自然保护区。

那就是一切的开端。

那是位于博户斯市北部的小社区，最初营建的目的就是远离海边，但又要与海若即若离。

数百年来，海水给予我们生命所需的一切，也带走我们所有的一切。

用使人战栗的冷漠赋予新生，带走老去将逝者。

绿树满布的峭壁不只阻止大海的聚落扩张，也让居民们走投无路，插翅难飞。人们只能在平坦的狭长纵谷中建造房屋。这样的地势只能防住东风，当风从其他方向袭来，居民只能被夹在高耸的山壁与深不可测的海水之间，任暴风摧残，叫天天不应，叫地地不灵。

或许，所有显示到哥特堡、斯特伦斯塔德的距离，以及海平面高度的数字，都是某种符咒，某种告解与求饶。

你看，我们已经远离文明，远离哥特堡和斯特伦斯塔德了，甚至还高出海平面不知几公尺，根本走投无路了！慈悲的上帝啊，够了吧！行行好，饶了我们吧！

但是这种告解又有什么用呢？现实就是这样，他被关在高耸的峭壁上，锁在小屋里的病房内。

或许，这又和数字神秘学有关。早从毕达哥拉斯的年代起，数字与其内在含义即被视为统治宇宙和谐律法的关键。换句话说，数字象征上帝所亲自授意的世界秩序。

妈妈总是笑着告诉莱恩，唯一的上帝创造万物。世间的一切总是相应成对的：阴阳，男女，天地，明暗，肉体灵魂。三是最完美的数字，世间所有美好的事物都是以三计数：古冰岛的萨迦①里，总是要数到三，仙女才会应验所有愿望；再者，神也是三位一体的：圣父，圣子，圣灵。四则是自然元素、天气与方向的关键数字。五角星象征数字五的魅力，而大卫星与所罗门封印则是六的表征。《创世纪》篇章中，上帝花了七天创造万物，七是他的御用数字。耶稣基督在复活节重新显灵，复活节因而被视为造物重要的第八天，象征新时代的降临。太阳系有九大行星，九就是银河系的终极密码。十也是象征圆满的数字，小孩最初学算术，两只手都用上，就能数到十；同时，上帝创造十诫，它是一切律法的根源。

莱恩在中小学课本里读过包括埃及金字塔在内的一些伟大建筑，这些建筑的高度、面积、单位与距离等数字，都被认为在预言着将来。

他转念一想，这些位于博户斯市的红砖车站建筑，不也在预言着将来吗？

是的，这些位于博户斯北部的车站建筑本身就是某种预兆。

关于他本人、他的妈妈、他的生命与渴盼，以及一切苦难乃至死亡的预兆……

在隔离病房里，接受隔离。

---

① 北欧传说故事文体，是 13 世纪前后被冰岛和挪威人用文字记载的古代民间口传故事，包括神话和历史传奇，对北欧和西方文学有很大影响。——译者注

这听起来像废话，不是吗？

隔离病房的用意就在此。与世隔绝，孑然一身。

就像他小时候那样，藏起来，躲在障碍物后面不被发现，和别人保持明显的距离。

城市就坐落在峭壁下方，其他人在城里继续载歌载舞，灯红酒绿，过着美丽的人生，好像啥事都没发生。

好像没人被隔离。

社会的弃儿。

就像上帝在《民数记》里对以色列人命令："把一切患麻风病的、一切患漏症的、一切因死人而不洁净的，都从营里送出去；无论男女，你们都要送走，把他们送到营外，免得使他们的营蒙不洁，因为这营是我所居住的。"

过去如此，现在更是如此。

社会应具有双向的功能：保护愿意归顺、服从的个人，同时保护群体，免受不守戒律者的侵害。

他逃难至此，并在此受到惩罚。

他孑然一身，被关在高耸于峭壁上、远离市区的传染病医院的隔离病房里。

他是如此孤独，无依无助。孤独就像一层硬茧，将他牢牢包住。

除了穿防护服、佩戴口罩与手套的护士与医生之外，举目望去，不见一个活人。

好吧，保罗好像曾经探望过他一次。但那又怎样？他甚至不想多待在床边一会儿。

莱恩死期将至，可悲的是，床边一个人都没有。

他已经确保任何人都无法探知他现在所处的位置。

他的亲人、朋友都不例外。

没有人知道。

现在的他其实和活死人没有两样。

只要撑过这最后一小段时间，他就解脱了。

不可言喻的痛楚。

在他变成幽灵，悠游飘浮于寰宇间之前，必须忍受最后这阵痛苦。

看不见、听不到的幽灵；没人看得见，更没人听得到他。也许，他终于自由了。

莱恩的妈妈是教育心理学家，爸爸是渔夫。

他并非莱恩的生父，而是继父，名叫陶德。

陶德伯父。

在莱恩的成长过程中，他的确对莱恩影响深远。

一开始，莱恩和妈妈在夏天向陶德伯父承租位于芮索岛的房屋。名义上，整个楼上都是他们的，但楼上只有一间卧室，其余全是储藏室。

有一座相当陡峭的木质阶梯从一楼直通二楼，他们的卧室就位于右侧，里面有一张分成上下铺的小双层床、一张茶几、两张木头餐桌椅、厨房用的流理台以及电磁炉。

他们必须将附近的泉水提回来。其实楼下有自来水，但不知为什么，他和妈妈没有就近从楼下取水，反而走到30公尺外的斜坡下方提水。

妈妈总是气喘吁吁，一天数次提着容量10升的水桶来回取水。

有时，陶德伯父和他那两个龟儿子就大刺刺地坐在餐桌旁，大门敞开，厚脸皮地瞧着莱恩的妈妈气喘如牛，提着水桶经过。

妈妈必须辛苦地挤出微笑，点点头，假装水桶一点都不重。陶德伯父还是一动不动。其中一个儿子大摇大摆地走到水龙头边，给自己倒水喝。他就这样任水龙头开着，伸出一根手指试水温，直到水变冷为止。

陶德伯父和他的龟儿子住在芮索岛西边较贫穷的社区，平时被戏称为"贫民区"。大部分渔夫都住在这里，单纯捕鱼的渔夫，还有兼捞贝类的渔夫。他们偶尔会带着手钓钓线和渔网出海捕捉大青花鱼，偶尔会动用稍大型的捕虾船。

芮索岛的东边被称为"内陆"，耕地土质较佳，住着生活较为富裕的农夫。

这座岛本身很小，岛上居民甚至不到两百人，俨然是个独立的小天地。

贫民区的渔民们可不愿离开小岛跑到东部去，住在东部富庶内陆的农夫们更不屑踏上西部的贫民区。

没人知道为什么，不过，事情就是这样。

陶德伯父拥有自己的捕虾船，邻居欧文会上小船帮忙。大儿子格特这个夏天就要上小学七年级了，他老爸终于同意让他在夏天跟着出海。

等他上了九年级，他就可以取代欧文在捕虾船上的地位了。

妈妈开始向陶德伯父承租房屋的那个夏天，莱恩才刚满1岁。每年，当学校放暑假时，他和妈妈就会来到岛上，8月开学前才回到家。整整两个月的时间，他们住在狭小的房间内，里面除了两张木椅外，没有其他任何座位。除了那张分为上下铺的小床，没有其他可以躺下休息的地方。

墙壁上全是陶德伯父悬挂的织锦，清一色绣着宗教启示的图案。餐桌旁边的墙壁上挂着一块小看板，上面写着："耶稣基督是这栋房屋的主人，他是餐桌旁肉眼无法看见的客人，更是每一段对话中沉默的听者！"

耶稣基督在楼上监视着他们的一举一动，陶德伯父则在楼下监视。耶稣和陶德伯父监视着他们的言谈举止。

这就是为什么莱恩长大成人以后，还是没胆量大声讲话，只敢窃窃私语。

事实上，莱恩终其一生都在窃窃私语。

要是离他稍微远一点，就会觉得他像个傻瓜，嘴唇动来动去，却听不见声音，必须挨到他旁边才能听清楚他说些什么。

但那又是另一段故事了。

讲到窃窃私语，我们还得另外从头说起。而在芮索岛上度过的夏日时光，将为接下来的这段故事拉开序幕。

芮索岛上的夏天，莱恩，还有妈妈。

就像一个封闭、自成一体的星系：一颗恒星，只跟着一颗小行星。

那些美好的夏日时光。

莱恩的妈妈用奶酪与杏仁果酱做成简单美味的三明治，母子俩坐船到外海某个不知名的小岛，消磨一天的时光。

在岛上，他们爬上岩壁裂隙处，用手抓虾，或是捞海滩蟹。每逢雨日，他就坐在小床上铺看《唐老鸭漫画》，或是和妈妈坐在餐桌旁，边玩"神经衰弱"，边收听挪威电台的新闻。

每年夏天，他们总会坐火车抵达海尔利永，转搭轻轨列车到达乌德瓦拉，再换乘火车抵达斯特伦斯塔德，最后在克拉根奈斯站下车。克拉根奈斯离斯特伦斯塔德63公里，离哥特堡138公里，高于海平面27公尺。

亚伦先生会在克拉根奈斯站接他们。他和姐妹们开设家庭旅馆以后，当机立断买了辆车，方便开到车站迎接远道而来的房客，送他们到家庭旅馆，或载他们到海滩游泳。

克拉根奈斯其实还称不上是个小镇，除了车站外，几乎一无所有。在此设火车站，主要是为了方便包括芮索岛、长湖区、西陵，甚至鸟胶屿、小牛屿及精灵屿等外岛居民的交通。每个岛上还住着三四十位居民。不过它最主要的功能还是方便夏季闻风而来的泳客抵达海滩。夏季游人如织，冬天就宛如鬼城。

亚伦先生会驾着车，载乘客与房客驶过野猪屿的公路，顺着狭长的防波堤一路开回芮索岛。他会在陶德伯父家门前让莱恩和妈妈下车，陶德伯父的儿子等在那里，准备帮他们提行李。

陶德伯父自己也会出来迎接寒暄，不过他可不会帮忙提行李。他主要是提醒母子俩房间打扫的事，还有收房租。

其实，莱恩从未注意到妈妈和陶德伯父曾经交谈过。

　　有时，陶德伯父在不驾驶捕虾船出海的午后，会踩着陡峭的阶梯，来到楼上的房间，坐在他们的餐桌旁，身上满是酒味。他就坐在那儿，边叹息边瞧着莱恩的妈妈。每次他喝多了，眼角就会变得湿润，几乎就要哭出声来。

　　莱恩总是期待着，妈妈会用坚定的声音叫陶德伯父下楼去，不要没事上来瞎搅和。他觉得妈妈早就该把话说清楚，陶德伯父从来没帮她从泉水处取过水，现在就没权利哭丧着脸，如丧考妣地赖在这儿，寻求慰藉。

　　但她就是不敢。她放任像丧家之犬一样的他赖在这里。是他硬闯进来，是他干扰了他们母子俩的生活，但她就是不敢吭声。

　　莱恩知道，妈妈是教育心理学家，她在斯德哥尔摩的工作主要就是倾听儿童诉苦，了解他们的问题。妈妈或许觉得自己是陶德伯父的心理诊疗师，她愿意听他说话。平常完全不说话的陶德会向她倾诉，而她也煞有介事，面色凝重地倾听着。莱恩虽然年纪还小，但连他都看得出来：陶德讲的话毫无意义，因为他早已烂醉如泥。

　　然后，陶德伯父点起烟斗，开始抽烟，把塞住滤嘴的烟灰倒在浅碟上，然后用湿润的眼睛望向莱恩。

　　面对这个情景，莱恩会选择视而不见，或干脆溜下床离开房间。

　　有一次，妈妈甚至主动要他在陶德伯父又挟着酒意上来"嘘寒问暖"时，去外面玩耍。

　　她一副事不关己的表情，仿佛她在那时完全不是他的妈妈，摇身一变成为莱恩不认识的陌生人。

　　莱恩生性敏感，从不表达自己的感觉，但他幼小的心灵受到严重的伤害，久久难以痊愈。那种感觉就像被刀劈成两半。他想到所罗门王面对两个为同一个婴儿争吵不休的妇人，决定将那婴儿劈开，一人一半——儿童版《圣经》里有一张插图，一个士兵一只手抓着一个婴儿，另一只手握着一把利剑，准备把小婴儿切成两半。在母亲亲自把他撵走时，莱恩觉得自己就是那个即将被劈成两半的小婴儿。

　　莱恩会爬到海边的石壁上，暗自诅咒母亲和陶德伯父，愿他们不得好死!

　　莱恩很怕陶德伯父，更怕陶德伯父那两个至少比他高20厘米的龟儿子。三个小孩其实年纪相仿，但他实在太软弱，他就是怕他们。

　　说穿了，只要妈妈不在身边，莱恩就像软脚虾一样。

　　他怕每个人，不分大人或小孩。

　　怕黑，怕一望无际的森林，也怕所有会动或不会动的东西。

　　也怕从衣橱里、床底下、每一扇紧闭的门后面，突然爬出怪兽。

　　更怕住在他眼睛后面的那头怪兽。没错，这正是他揽镜自照时的感觉。

　　但妈妈像一盏灯，照亮他周边的一切，使他感到安全。

　　只要她一出现，世界就是这么美好、善解人意，一点危险都没有。只要妈妈在身边，他就能克制恐惧。

　　当他们住在斯德哥尔摩的公寓时，她就像一道光线，从敞开的门口照进大厅，直达他的卧房。当他准备睡觉时，她就像客厅里传来的电视机的声音，陪伴他入睡。她总会用手轻轻拂拭他的脸颊，就像那淡淡的沐浴乳液香气，遗留在他的脸颊上。

这么多年来，莱恩自始至终是个胆小鬼，母亲是他唯一的保护。这保护还必须无微不至才行，否则他又会开始害怕。

也许，这就是莱恩慢慢开始保护母亲的原因。但那是莱恩长大成人以后的事了。他又一次想到以后的事了。

他必须聚精会神，一次想一件事。回到那个陶德伯父身上，他大剌剌地坐在客房里的木椅上，酩酊大醉。他的妈妈则突然变成陌生人，压根儿跟不认识他似的。

不，这还只是开始而已。

生命的源泉。夜幕初探之际，梦境开始之时。慢慢接近噩梦降临的那一刻。

已近午夜时分，他更是如履薄冰，保持注意力。

他会整晚保持清醒。

除了他，没有人保持清醒。

陶德伯父、妈妈，还有楼上的房间。

妈。

母亲的形象突然变得模糊不清，痛楚再度袭来，他无法看见她。喉头一片干燥，吞咽时就是一阵刺痛。难以呼吸，几乎要窒息而死了。

他想放声尖叫，却叫不出声。

他们再也不能告诉他，要耐心承受一切痛楚。他没别的选择了。

管他还有没有耐心。

他再也叫不出来了。

他等着他们在拂晓时分前来，将他带走。就到那里去。

等着他的是解脱，还是审判？

他躺在床上，啜泣着，努力想呼吸，无法入眠。

他等着脚步声，却又畏惧传来的脚步声。

他等着另一头传来砰的推门声。他很怕推门声。

那扇有着小隔窗的白门。

那扇白门会先通往一道互锁门，然后是另外一扇门。绝对不能同时开启这两道门。

那些医疗人员必须在两扇门之间完成清洗与换装工作，然后才能进来处理他。

保护需要被保护的人、事、物。

他躺在床上，等着他们破门而入，用吗啡将他麻醉。不知道他们到底想对门做些什么？他猜想他们可能请了锁匠，可能直接用斧头把门劈开，或者拧开接缝处的螺丝，然后将门钩上？总之，他真的不知道他们会怎么做。

但是，他们一定会破门而入，然后找到他……

他等着他们大驾光临。

终其一生，他都在等着他们出现并将他处理掉的那一刻。

他已为自己的罪孽付出了代价。他是否承受了应有的、足够的惩罚，没有人知道。但现在他就快要解脱了。漫长的赎罪即将告一段落，上帝将会接纳他，将他一把拥入怀中——即便他不知道等待他的会是饶恕，还是更严厉的审判。

秋去冬来，岁月流转，莱恩长大了。他已经10岁了，小学四年级刚结束。他是个快乐又惹人怜的小男孩。

妈妈刚打电话给开家庭旅馆的亚伦先生，告诉他，他们的火车几点钟会到站。

岛上还没有完善的电话网络，所有的电话都必须先转给总机小姐丽莎。整座岛上，只有这间家庭旅馆和最有钱的几个农民家里才有电话机。大部分时候，大家必须亲自拜访丽莎，才能拨打或接听电话。

丽莎每天的上班时间是上午9点到下午1点，休息四个小时，再从傍晚5点工作到晚上8点。想要接听或拨打电话的人必须配合总机的开放时间，而且很显然地，丽莎一定窃听了每一通电话。她就像耶稣基督一样，是每一段对话的"沉默的听者"。

学校结业式后的隔天早上，他们一如往常，准备动身前往芮索岛。但这次妈妈命令莱恩，把他所有的衣服都打包带上——冬季大衣、毛线帽、手套，通通带着！还有他的书、课本，还要用大箱子打包他的乐高玩具。

往年他们从没带这么多的东西，但她又不跟他解释，为何这次要带上一堆行李。行李实在太多，重到他们没法自己搬，启程那天早上还得特别早起赶到车站，寄送打包完毕的行李。

妈妈向他说明，这个叫"托运"。

他们要将行李"托运"。莱恩非常喜欢他新学到的这个词，不只反复高声念了好多遍，还把这个词直接写进练习簿。他心想，一定要记清楚，搞不好学校老师上课抽考拼写，就会考到这个词。

把行李托运后，他们一如往常在十号月台上车。莱恩掏出练习簿，一阵写写画画。

妈妈只是坐着，静静地看着他。

接近午餐时间，列车停在南泰利耶站休息，附设餐厅的车厢开放了。妈妈请他吃薄煎饼和冰激凌，然后告诉他：今年开学后，他们不会回斯德哥尔摩了。从秋天起，他们一年到头都会住在芮索岛上。

一开始莱恩还没搞懂她是什么意思，兴高采烈。随后，他开始理解她的话，忍不住大哭起来。

他们在餐车里，众目睽睽，但莱恩还是放声大哭，全然不顾车厢里那些叔叔阿姨对他侧目而视。他突然感到悲从中来，喉咙、嘴巴、鼻子与眼睛一时间被悲痛塞得满满的，薄煎饼顿时变得索然无味。

他吃着冰激凌和薄煎饼，他平时最喜爱的两样食物。他的生活变得支离破碎，他却还在吃这些东西，让这一切更显得讽刺、哀戚。

莱恩满嘴塞着已经索然无味的薄煎饼，他感到悲从中来。

火车驶过乡间，铁轨轰隆作响，平交道的横栅轰鸣着。

富林站，卡特琳娜霍尔姆站，然后是拉克索站。

窗外是初夏情景：母牛、一望无际的麦田、农庄与深林。

莱恩望着窗外，低头看看手中的薄煎饼，最后瞧瞧自己的妈妈，意识到自己被骗了。他恨她。

莱恩恨她，因为她欺骗他。她作势要用光线照亮他、保护他，但他选择躲进阴影，因此她照不到他。

他妈的真是该死。

虽然他知道自己根本不该有这种念头，也知道这是最难听、最不堪的诅咒，他还是忍不住这样想。

他妈的真是该死。妈真该死，真该死，真该死……

他的念头是如此强烈，连她都感觉到了，也开始哭了起来。他随即后悔了——虽然他其实一点都不后悔有这种念头。

"那我呢？"妈妈低声耳语，"那我怎么办呢？"

他想将她紧紧拥住，安慰她，让她永远不再难过。他多想面向她，接受她的照耀。

但现实是，他们坐在火车的餐车车厢里，束手无策。火车驶过铁轨，轰隆轰隆作响，车厢里每对眼睛都盯着母子俩，他不敢"轻举妄动"。然后，她别过脸，放声大哭。

她用双手托着酒杯，努力不让杯中物在火车震颤摇晃时洒满一地，仿佛面前的酒杯是当下她生命中唯一能够抓牢的东西。

她轻轻地耳语了一声，声音轻到连莱恩都意识到，她只是在对自己说话，这些话不是要给他听的。

"我不想再一个人了……"

这下子莱恩又哭起来，他这才发现自己是多么无足轻重。

"可是你还有我啊！"他对她耳语，"你还有我……"

她一语不发。

她一语不发，莱恩顿时感到一阵心凉。

《旧约全书》里，长子以扫朝着父亲以撒大喊："父啊，请你也赐福给我吧！"

然而，父亲却不愿赐福给他。莱恩在那一刻的感觉，就和以扫一模一样。

"你还有我啊，妈！"莱恩重复这句话，一直想证明他对她有多么重要，比陶德伯父这个糟老头还重要。

妈妈望着窗外，用鼻子吸着鼻涕，轻轻咳着。然后，她仿佛决定不再低声下气，不再窃窃私语，突然用一种成熟大人的口吻对他说话："我不想再一个人了。"

话说完了。

接着是一片令人窒息的死寂。

两人依然不时啜泣着，但彼此间已无话可说。

莱恩的生命破碎了，妈妈的生命也破碎了。还有什么好说的？

莱恩在餐车车厢里明白的一件事情是，他一定曾经用某种方式伤了妈妈的心。他不是个乖小孩。对，他是有缺陷的。

现在，他终于懂了。

他的分量不够。他能给的亲情远远不够。因此，妈妈才选择背弃他。

因此，他选择保持沉默。

他们坐在开往海尔利永的餐车车厢里，哭泣着。

前一段已经结束。下一段刚要拉开序幕。

现在，狭小、封闭的星系里，那颗唯一的恒星选择了离开小行星。

小行星被狠狠地抛进全新、未知的轨道，吉凶未卜。

近傍晚时分，他们抵达克拉根奈斯。亚伦先生一如往常在车站迎接他们，不过这回陶德伯父也跟来了。他还穿着周日上教堂才穿的墨色西装，看起来非常正式。

莱恩的妈妈见到陶德伯父时，两人相拥了一下，但谁都看得出来，这个拥抱有点别扭，两人都显得不甚自然。很难说究竟是谁的出现让所有人如此不自然，也许是莱恩，也许是陶德伯父。两人迅速、笨拙地相拥一下，仿佛还怕被人看到。但其实也没什么人看到，至少莱恩没看到；不过他撒谎，他还是可以想象得到。

陶德伯父用那对又小又圆、蓝白色的猪眼睛瞧着莱恩，用那难听的博户斯口音说了句什么。莱恩没听懂，因为他根本心不在焉。他只是一具行尸走肉。

在他的成长过程中，莱恩从未真正想听懂陶德伯父对他说些什么。

但这一次，他其实听见了，他听懂了对方的话。只是在当下，这段话实在超乎他的想象，以致他一时难以反应过来。

陶德伯父说："呵呵，很好，你以后总得叫我爸爸啦。"

随后，他们开车回家时，莱恩不得不挤坐在妈妈与陶德中间。他紧紧抱着自己小小的红色手提包，陶德伯父总戏称那是"淑女包"。

哼，那才不是淑女包，那是莱恩的手提包。

他从此成为飘游在宇宙间的幽灵。

此刻坐在车上的他，只剩没有灵魂的躯壳。

大众对于这种疾病的反应，除了恐惧，还是恐惧。

他们并不是没听过这种疾病，但起初发病的只有少数人，而且不在瑞典境内。那只占了众多新闻中的一小块版面而已。

当时，这种疾病离瑞典如此遥远，让人感到事不关己，就像夏日午后，天空依旧蔚蓝澄澈，只有风的翅膀带来远处隆隆的雷声。

而且这种疾病实在太荒谬了，简直前所未闻，使人难以认真看待。

针对死娘炮的绝症。

保罗从西瑞典拜访朋友回来时，随手带了一份当天的《哥特堡邮报》。

那是1983年6月的某一天，头条新闻的标题是："现在，瑞典也沦陷了！"

新闻内文继续喋喋不休："自从艾滋病（获得性免疫缺陷综合征），也就是所谓的'同志黑死病'于1981年被医学界发现以来，在美国已有1552人染病，其中已有600人死亡。没有任何痊愈机会，所有死者均在染病后六个月到两年内病重不治。"

"已有600人死亡。"

"没有任何痊愈机会。"

"染病以后，最多只能活两年。"

这些信息一条比一条令人胆战心惊。

报道中段的副标题就像末日审判天使所吹奏的长号音。

第一条标题开门见山指出："天谴！"

第二条："恐怖！"

第三条："令人崩溃！"

最后再加一条："没有解药！"

那天下着雨，整群人坐在瓦萨公园咖啡厅的室内座位，保罗高声为他们朗诵这些新闻与标题。他越念越恼怒，整群人聚精会神地听着，听到咖啡都凉掉了。此情此景，本杰明将会终生难忘。

"有人把这种疾病和麻风病做比较。其他人认为，得了这种病的人是罪有应得。美国右翼势力认为，艾滋病就是上帝对同性恋者的惩罚。"

念到这里，保罗把目光从报纸上挪开，严厉地审视着本杰明，仿佛这位前耶和华见证会会员必须为全美国基督教右派的每一条意见负责。然后他又低头看着报纸，继续高声念着。

"有一件事是确定的：瘟疫已经爆发。邻人彼此憎恨，住院的病患付了再多医疗费，还是得不到应有的救治。焦躁不安的母亲们打电话到学校找校长，因为班上的老师有同性恋倾向，她们不敢送小孩上学。丹佛有一位女士准备搬进新公寓，不巧前一位房客是个男同志，她打电话给警方，询问是否能为公寓进行大消毒……"

本杰明会一辈子记住，他们听到这些新闻时多么难过。

他和朋友们是如何地无言以对。

下着雨的6月午后，瓦萨公园的咖啡厅里，对他们来说，这一切再现实不过了。

无法逃避。

天谴！恐怖！使人歇斯底里！最后不要忘了：没有解药！

这些标题简洁有力，直压得人喘不过气，难以呼吸，仿佛整座咖啡厅里的氧气全用光了。这不只是一场噩梦，而且是他们所能想象得到的最糟糕、最凄惨、最悲哀的噩梦。这恶魔的化身可真是一点都不假辞色。虽然他们心里都有数，总有一天会为从前放纵的日子付出代价，但这次，他们真的是在劫难逃了。

他们的自由、骄傲，所有他们奋斗的价值……

顿时被一击粉碎。

保罗朗读的声音继续嘎吱嘎吱的，不肯停下来。

"同性恋者被解雇，被撵出所居住的公寓大楼，被亲朋好友彻底抛弃……毫无根据的恐惧如野火燎原般传播开来……号称最先进的现代医学束手无策……没有人有药……"

保罗的声音就像教堂里的弥撒，其他人默不作声。

他们之中，有个人缩在红色天鹅绒沙发的一角，安静到连呼吸声都听不见。

他就是莱恩。

矮小、害羞、多愁善感、笨拙，既期待被爱却又总是郁郁寡欢，这就是莱恩。本杰明和拉斯穆斯认识他仅有那短暂却多事的几个月。现在的他蜷曲在沙发的一角，连呼吸都不敢。

无言以对。这些字眼对他来说，比最毒的毒药还要毒。

天谴！麻风病！没有解药！罪有应得！

他知道敌人已经牢牢攫住他，寄生在他体内，不断繁衍，持续不间断，更不曾休息。用一种最吓人的手法，耐心地将他撕裂。

没有解药。没有人能帮他。连他的医生都束手无策。

事情已经发生了。用报纸的标题形容他的下场，真是再贴切不过：他罪有应得。

他唯一可以做出的反抗，就是不让人知道，继续缄默下去。

午后，瓦萨公园的咖啡厅，离维京人桑拿浴场只有一箭之遥。本杰明会永远记得那个阴雨霏霏的午后，仿佛连天空都在为他们此刻所面临的威胁哀哀悲泣着。这个下午将是他、拉斯穆斯，以及这群朋友最后一次见到莱恩。

他从此消失无踪。

仿佛从人间蒸发，从未存在过。

然后，本杰明会近乎绝望地试图说服自己：要是他们能早点知道就好了，假如有人早点意识到，保罗在咖啡厅里宣读的那场噩梦已经悄悄抓住了他们中的一人，他们一定会，一定会……本杰明说不准他们会怎么做，但是他们一定会陪在莱恩身边。他们一定会挺身而出的！

　　要是上帝看到这一切，想必也会希望他们挺身而出吧？

　　不然，他们除了被吓得魂飞魄散以外，还能做什么？

　　那是他们最后一次见到莱恩。

　　他比平常还要安静，静到让人害怕。

　　那残忍、无情、邪恶、令人作呕的疾病，早已牢牢攫住了他们中的一人。

　　现在，瑞典也沦陷了。

莱恩和妈妈继续住在芮索岛上，但已经搬出了楼上的套房。更准确地说，莱恩冬天还是住在楼上，但隔年夏天，套房就租给另一个来自哥特堡的家庭。

现在，轮到新搬进来的家庭每天提着10公升的水桶到井边打水，然后踩着陡峭不稳的阶梯将水扛上楼来。

莱恩和妈妈随时都可以就近从楼下的水龙头取水。没错，这样很好，但与莱恩从此支离破碎的生活相比，根本微不足道。

第一年最是难熬。

8月，开学在即，芮索岛上的游人顿时消失无踪，空荡荡的，几无人迹。原本看似无边无际的夏日，突然就从断崖上直直坠落。

一切都毁了，而且毁得彻底。

夏季像松开的筛子一般开始漏水。他们周遭的绿地开始转为深色，仿佛正在历经变性手术，从女性变成男性。太阳也越来越慵懒，每天上班的时间越来越晚。空气一开始似乎变得清新许多，但随后就露出冷酷的真面目。

草原与沼泽地的石楠变成一片浓烈的紫色。陶德伯父说，石楠暗示着死亡。经过该死的陶德伯父这么一提醒，莱恩再也不觉得石楠有什么好看，只觉得可悲。

所有的夏季小屋、出租套房与水边的船屋现在全都空了，清扫过后全锁上了门，或是当成储藏室使用。

秋天意味着淡季，岛上的书报摊也歇业了，店主安妮卡早已将柜台窗帘拉上。冬季，岛上还营业的商店只剩下位于小村中央的合作社，营业时间从周一至周五。

突然间，整座岛上竟然无处可去，更无事可做。

夏季的泳客早就打包好行李，回到哥特堡、斯德哥尔摩和奥斯陆的家，过着都市生活。他们带走的可不只是蛙鞋、充气艇和毛巾而已；夏季的暖热阳光与柔和的熏风，也被他们一并打包塞进汽车后座的行李箱，带着一如初到此地时的逍遥轻松离开。

莱恩被留在岛上，与他做伴的只剩越来越短的白昼，还有越来越漫长的黑夜。

随之而来的是阴郁的秋雨，凉意仿佛可以钻入骨髓深处。他们一早醒来才发现，湿冷的秋风早已取代夏日温暖的熏风。秋风非常善妒，冷冷地将曾经璀璨的花瓣与一度翠绿的枝叶刮落，好像学校里的小混混尽情地折磨手无缚鸡之力的同学。邪恶的秋风迫使留在岛上的人们卑躬屈膝，低头而行。

他们的小天地，随着夏去秋来变得更加狭窄。雨后的石头表面湿滑不已，莱恩和妈妈再也不能爬到石头上悠闲地野餐、晒太阳。

他们也不能靠近水边，因为海水变得冰冷又刺骨，根本不能戏水。他们为小艇盖上一层防水布，底部朝上停放着。

妈妈已经打开天窗说亮话：她不想再一个人了。

就算有莱恩在，她还是感觉自己无比孤独，无依无助。

他也意识到，这不仅仅跟陶德伯父有关。妈妈对整座芮索岛抱着幻想，她一直想要真正属于这座小岛，她想一直待在这里。

就算她嘴硬不愿意承认，她其实还是不快乐。莱恩看得出来，她努力强颜欢笑，装出一副自由自在的模样。

看着妈妈这样艰苦奋斗，努力想达成不可能实现的幻想，莱恩才心不甘情不愿地迁就她。

过去她曾经保护过他。现在，轮到他保护她了。

莱恩总是被冻得半死，这就是他对博户斯漫长严冬所留下的最深刻的印象。

　　多年后，他和一群新朋友住在斯维兰路的同志公寓内，他就是这样对他们形容博户斯的寒冬的。

　　真冷。海面的湿气与寒意穿透每一面墙壁、每一间隔离病房。

　　他们已经用丑陋的亮色壁砖包覆起古老的木屋，但收效甚微，反倒是壁砖受到湿气与霉菌影响，颜色变得灰暗，甚至弯曲龟裂。

　　陶德伯父非常小气，尽可能不烧柴火，不用壁炉取暖，然后非常伪善地告诉母子俩，在阴凉的房间才会睡得安稳。

　　厨房使用电炉，客厅里还有功能正常的壁炉。房间里也有暖气设备，不过只有最冷的时候才能使用。

　　"如果感觉冷，就多加一件毛衣。"妈妈这么跟他说。

　　结果，莱恩把他所有的毛衣都套在身上，还是一样着凉了。

　　陶德伯父一天到晚咕哝着，说莱恩真是个娘娘腔，要是他妈妈继续纵容他，他永远不会"变大人"。

莱恩真是骨瘦如柴。

海洋就像寒冬一样，轻易地穿透他单薄的身躯。

海洋与寒冬就像一对兄弟。寒冬的风轻轻一吹，他就像稻草人般被吹散开来；冰冷的海浪袭来，他转瞬间就化为冰柱。

"老天，我自己的小孩才不会这样，整天自怨自艾。"陶德伯父成天碎碎念。

这倒是真的，格特和杨从不抱怨他们会着凉，倒不是因为他们毅力过人。一来，他们本来就自闭到极点，从不说话；二来，他们身材魁梧，不像莱恩个头小小，瘦得只剩皮包骨。

有时候，格特就是这样嘲笑莱恩，边嘲笑边抱住他，使劲摩擦他的胳臂和背部，让他觉得温暖一点。

这段故事，倒不像人们先入为主想象的那样：两个异父异母的坏哥哥以强凌弱，欺负新弟弟。事实正好相反。

格特和杨也许永远不会真正了解莱恩，但必要时他们一定会保护他。

他们坚决地保护他，没有丝毫妥协的空间。

搭校车时，他们就坐在他旁边；在学校里，他们挺身对抗霸凌莱恩的人，看到他被欺负，马上冲上前猛力还击。

也许陶德伯父曾经私下跟他们这样讲过："你们这个新小弟，活像个女孩子。你们要保护他，不要让他被欺负。"

有那么一次，杨甚至为了莱恩当着全班人的面放声大哭。那是秋天的事了，莱恩在塔努姆小学的第一个学年。下课时间，杨班上的几个男生结伙欺负莱恩；杨使出浑身解数，奋力对抗霸凌者，保护自己异父异母的弟弟。事后，杨又怒又气，竟然当场在教室里哭出来。这下子，原本还在一边纳凉看戏的女老师也不得不问他，到底怎么回事。

"我要他们放过我弟弟！"杨边啜泣边咬牙切齿地说。

事情过后，杨班上其他同学才告诉莱恩杨所说的话。

他称莱恩是他的亲弟弟。

不容否认，莱恩恨透了住在芮索岛上的岁月，他讨厌陶德伯父，讨厌那个家，但他并不恨自己异父异母的兄弟。

杨是陶德伯父最小的儿子，却是父亲最得力的助手。

每天大清早，他们得坐船出海钓青花鱼，总是杨负责把哥哥摇醒；每次要动手捕比目鱼或其他种类鲽鱼时，都是他负责撒网。他总是焦虑万分，催促哥哥快点，仿佛在渔船上的表现生死攸关，他不能让爸爸失望。

杨似乎非常鄙弃青少年的稚嫩感，一直想早点变成大人，一直想拥有像大人一样粗糙多茧的手掌和饱经风霜的面容。他一点都不羡慕弱不禁风的美少年，一心只想快些变成成年人。

成年。身材魁梧，多毛又粗壮结实的臂膀，还有墨色浓密的胡须。

杨只比莱恩大两岁，走起路来却越来越沉稳缓慢。不论大小事，杨都努力仿效父亲，学他的举手投足，像他一样吐口水，模仿他面露不悦的样子，学他用右臂挂在餐桌桌面上，右手掌托在耳朵上，不耐烦地舀着饭菜。父亲还会向后朝椅背一靠，双手抱住后颈，这样就表示吃饱了。

以前，他就像浪里白条般矫健活泼，但现在他再也不戏水了。晒太阳和戏水都是娘儿们爱玩的游戏，都是养尊处优的夏季泳客爱做的事。

印象中，陶德伯父从来没下过水，莱恩有点怀疑捕鱼的继父是不是旱鸭子。此外，他总是着装而行。夏天他的脸晒得黝黑，活像棕色皮革；但罩在毛衣与衬衫下的皮肤其实相当苍白，一如冬雪。

杨也学着爸爸的榜样。记住，别跟那些只有夏天才到这里的游客一个样，渔夫可是要靠这活儿养家糊口的。看到他们这副德行，这种衣着、举止、体态，他只是摇头叹息。

哼，娇生惯养的都市人！

追根究底，游客多半是都市人，都市人除了口袋里多几个臭钱以外，一点价值都没有。他们会特地花一堆钱，大老远跑来住在湿热不堪的渔村小屋和装潢简陋的家庭旅馆。这些从挪威、哥特堡和斯德哥尔摩来的家伙都一个样，都是娘娘腔，办公室坐太久，不耐风吹日晒的窝囊废。他们其实啥都不会，却自以为了不起。

杨想追随父亲的脚步，当个讨海人。他坚定地希望自己的生命能够循着父亲的典范，跟着陶德爸爸在船上捕鱼。对，就从现在开始，直到地老天荒……

美中不足的是，格特才是家中的长子。换句话说，他才有权利继承父亲的职业，包括捕虾船在内的所有家产。

杨不是继承人。

格特与杨迥然不同。

格特向来与其他人迥然不同。他最大的秘密就是"多话"。

在他们这样的家庭，废话少说是最高原则。谁要是多话，谁就是自以为是，自以为了不起的大人物。沉默是金，沉默是最有效的抗议，最犀利的言语。

博户斯北部的方言就是为了符合生活需要而产生的，一字不多，一句不少，恰到好处。这些精简的话语流转在岛屿间、山壁间、海岸边、陆地上。这就是岛民的小天地，他们的人生在此开展，一代接一代。

与这种环境格格不入的赘字和言语，都会造成噩梦。这些噩梦不会与岩壁相撞后彻底分解，反而会像气球般缓缓升高，再升高，在远端山壁间遥想另一片天地。

芮索岛当然也不例外。赘字与言语就像偶然出现在博户斯海岸的鲨鱼、海豚与小鲸鱼。习惯南方温暖海域的它们，一不小心游到北方水域，很快就变得无精打采、有气无力，仿佛被斯卡格拉克①的冰冷海水彻底麻痹了。海峡的溶氧量也与它们生长的水域不同，一旦误入北方海峡，它们就会缓慢而痛苦不堪地死去。

能够靠近瞧一瞧搁浅在海滩上、不住喘息的格陵兰鲨鱼，是很

---

① Skagerrak，连接卡特加特海峡与北海的海峡。北邻挪威，东连瑞典，南面是丹麦日德兰半岛。

奇异却又令人心酸的经验。这些庞然大物平时可是能将人类生吞活剥的。

然而它们只能怪自己。

这种死法，和这片水域无关。

它们本来就不适合这片水域。

它们是不速之客。

和格陵兰鲨鱼相比，言语甚至更糟糕。言语不只是诡异、陌生的存在，甚至充满威胁，足以使人不快，甚至生病。

因此，语言的使用必须恰到好处，点到为止。

在陶德伯父家里，唯有在拒绝对方看法，或强迫别人闭嘴时，才使用言语。

本质上，言语就是一种疾病，一种疥疮。格特本来是他们当中最健康活泼的，上了初中九年级之后却染上了这种疾病。

格特本人并非体弱多病。他会染病，真是匪夷所思。

他相当早熟，身强体壮，身手矫健，比同龄孩子发育得都好。

说到干脏活，动手做好自己分内的事，他当仁不让。他一向直来直往，不会故作优雅而轻声细语。他还相当听话，交代他的事一定能做好，没有半句牢骚。

他们可从没听过他这么多话。

他心地善良，有些害羞，任何人都比他喜欢闲聊；在他们当中，格特比谁都沉默。

讽刺的是，他们当中居然只有他被言语这种危险的病毒传染。

一开始，他安静得出奇。全家人已经很安静了，但你会发现，他真的很安静。

春天，他开始上九年级时，显得更加阴沉忧郁，一副心事重重的样子。

就像一颗刚长的牙齿让他觉得隐隐作痛着。他把自己锁进房间，躺在床上，眼神呆滞地望着天花板，任凭家人唤他下来吃饭，他就是不开门。

每个人都试着鼓舞他，想让他快活起来。莱恩为了表示对这位异父异母哥哥的好感，甚至不惜帮他打扫房间。莱恩的妈妈则绞尽脑汁，使出浑身解数，煮了一桌格特平时最爱吃的菜。

杨认为哥哥一定是情窦初开，正在闹情绪，摆脸色给大家看。陶德伯父则一再坚决地声称，这小子只是彻底厌倦了学校生活，并反复安慰他，保证这学期过完就让他整天上渔船帮忙，不用再到学校活受罪了。

春至，冬雪融化，被冰雪覆盖大半年的地面终于裸露而出。南风捎来友善的信息，这片东面靠山、西边滨海的小天地，从漫长严冬的昏睡中苏醒，重拾活力与生机。

外面一片春意盎然，格特却宁愿将自己锁在阴暗的房间里。

经过大家三催四请，他才不情愿地走出来，在草地上跟大家踢足球。草地上有一个手制的球门，每个春天与夏天的傍晚，只要不下雨，大家都会在那儿踢球。但就算进了球，格特还是毫无雀跃之情。

过去，格特只要进了球，都会兴奋地使出罗兰·桑德贝[1]经典的体操翻滚动作，而现在进球竟然无法带给他丝毫喜悦。

其实，他一直在准备忏悔。

直到有一天，他终于开口了。

那天晚餐时，大家正吃着莱恩的妈妈做的麦片粥、夹着火腿片与小黄瓜的三明治，搭配切片香肠。他突然从房间冲出来。莱恩的妈妈站起来，想帮他盛一碗麦片粥，但他只是自顾自地凑到餐桌边，简短地宣布："好啦，我现在已经决定了。"

陶德伯父头也不抬，继续用汤匙舀着麦片粥，大口大口嚼着，右手肘撑在桌上，手掌盖住耳朵。

"好啦，我现在已经决定了。"

"决定？你想决定什么？"

陶德伯父喃喃自语，又咬了一口三明治，手指不住地在脸颊上搔着痒。

"我要念高中，到乌德瓦拉念人文学科，三年。他们已经收我了，我以后要当新闻记者。"

然后是一片死寂。所有人都暂停了动作，没有人敢咀嚼。

杨的汤匙还咬在嘴里。

甚至没人敢呼吸。莱恩、杨和莱恩的妈妈一会儿望望格特，一会儿瞧瞧陶德伯父。

----

[1] Roland Sandberg（1946—），20 世纪 70 年代瑞典最知名的足球明星。

沉默了好一会儿。然后，陶德开口了。

"你去死吧。"

说完他继续安静地吃麦片粥。

"我最生气的是，你竟敢看不起我们，看不起我们的生活，"随后，陶德这样告诉他，"你竟然觉得这样不够！"

"当然够！"格特反驳，"我只是想要别的。我想念书。"

"是，你最高尚，自以为比较了不起啦，"陶德说，"野猪屿那个尤汉松，他家的劳夫七年级刚开学，他可是亲自到学校，把他抓回钓虾船上帮忙的，这你也知道。劳夫当年才13岁，从此不敢再提上学的事。"

但格特已经不理会老爸了。

陶德恼羞成怒，索性动手打他。

狠狠一顿毒打。

"他妈的，我早该这样做了！"陶德事后这样辩白，"这样什么都不会发生了！"但事情已经发生了。

生米已成熟饭，木已成舟，只有上帝能在已发生与未发生的事情之间自在游走。

没错，事情已经发生了。上帝可不会将太阳一手拦在轨道上，更不会把太阳往回推，让时间倒转。

时间就像一只顽固的小老鼠，头也不回地往前跑。一转眼就到了高中毕业典礼，格特领到毕业证书回家。他的成绩，坦白说，实在非常难看。陶德伯父两眼睁得斗大，定定地瞧着格特的成绩单。

"哟，你不是很行吗？不是很会念书吗？哈哈！"他像看笑话一般，狞笑着。

格特不搭腔，只是走进自己的房间。

莱恩的妈妈为此特地煮了一顿丰盛的大餐。讽刺的是，没人愿意赏光。陶德窝在船屋上，修补几张破得一塌糊涂的渔网。格特本人根本不在家，跟几个朋友在外面彻夜狂欢，直到破晓时分才回家。

然后，小老鼠继续往前跑，又跳又闹，刮抓着地板，吱吱作响。没过多久，夏季游客又从城里回来，涌入渔村的度假屋、小套房、船屋。这会儿，格特当仁不让，主动上前与他们攀谈。

他主动上前与他们交朋友，侃侃而谈，想尽办法掩饰自己的口音，一心一意模仿最标准的瑞典语。

"忘本的小畜生，还好意思爬过去，像狗一样摇尾巴。下贱！"

陶德极为不屑地哼了一声。莱恩的妈妈忍不住搭腔——她和莱恩说到底也都是夏季游客，根本就不算岛民。一家人至少要在岛上生活三代以上，才能算名正言顺的岛民。

妈妈边说边笑，试图缓解紧张的场面，但陶德伯父一言不发地离开餐桌，重重地将门关上。一直到就寝时分，他才满身酒臭回到家。

仲夏节①前夕，一群青少年从城里到岛上度假，格特主动与他

---

① 夏至来临时的庆祝活动，在北欧算是一个重要的传统节日。

们交谈，成了朋友。

他们邀请格特、杨和莱恩一起喝酒烤肉，庆祝仲夏，不过杨可不想去。

"我才不想跟这些臭都市人窝在一起。"他难掩自负地说。

莱恩则选择跟去，因此有机会与格特独处。

仲夏夜前的星期三，格特到酒鬼朋友谢尔的家里，胁迫加利诱，要他到公卖局搞些啤酒来，代价是让他留下空铝罐回收换钱。哥哥把那些啤酒藏在床下，要是不慎被老爸抓到，他准会暴跳如雷，那可不是好玩的。

妈妈买给兄弟俩一整袋热狗，让他们带去烤。

莱恩和他俊秀的异父异母哥哥一同搭乘家中那艘小小的机动船出海。天气清爽，天空澄澈无云。当天稍早，当所有人在足球场偌大的草坪上，围着花柱跳着仲夏节舞蹈时，忽然就下起雨了。这些夏季游人依旧冒着雨，追逐着草地上的小青蛙，继续在阴冷迷蒙的细雨中跳舞。

5点钟左右，天空终于放晴——黑云迅速地悄悄掠过天边，好似一道被拉开的帘幕，露出一座蔚蓝闪亮的喷泉。

天空一放晴，风就静了下来。

清新的空气有些微凉，莱恩庆幸自己出门前在救生夹克下多加了一件毛衣。

整个天空将光线毫无保留地映照在闪闪发亮的海面上。他们的小船劈开海面，向前行驶着。

阳光映照，海鸥鸣叫，格特坐在小船的马达旁边，痛饮一罐啤酒。还没见到朋友，他已有些许醉意。莱恩则半躺在船首，仰望着澄澈的蓝天，头部随着马达的震动规律地起伏着。

这将是一个美好的夜晚。

这是莱恩有生以来第一次可以不用看大人脸色畅快地过仲夏夜。

三年来，他寄宿在乌德瓦拉，并在当地上高中。此刻，眼前飞逝而过的景色变得多姿多彩，沿途各站以反方向向他袭来。先是乌德瓦拉，然后是海尔利永站、拉克索站、卡特琳娜霍尔姆站、富林站、南泰利耶，最后在斯德哥尔摩下车。他被波博斯新闻学院①录取，将要搬到斯德哥尔摩。

莱恩转了好一大圈，现在终于回家了。

他在斯维兰路一栋偌大公寓内租了间寝室。和他签约的房东名叫保罗，人简直好得不得了，只不过有一个癖好：喜欢一丝不挂地在公寓里晃来晃去。保罗是电视台录音室的工作人员，负责搜集各种背景模型以及东方剧场用面具。当时莱恩刚进城，还在熟悉环境并寻找住处，两人在RFSL（全国性平等与平反协会）的会馆"提米夜总会"相遇。保罗听完莱恩的遭遇，毫不犹豫就让他包租公寓的睡房。

公寓占地竟达两百多平方米，是70年代后期城里少数的宽敞公寓之一。保罗自己睡最大的卧房，然后把其他房间包租出去。莱恩

---

① Poppius Journalistskola，是北欧各国历史最悠久的新闻传播学院，于 1947 年成立于斯德哥尔摩。

的邻居叫拉许欧克，不过当莱恩搬进去时，他已准备搬出去跟芬兰男友赛尔波同居。另一个原本是会客室的房间住着古那，他是图书馆管理员。一开始，班特也在这里住过几个月，后来找到小丘街另一栋正待整修的公寓，签了合约之后才搬出去。

公寓大门前有块大门牌，拉许欧克将它漆成水蓝色，上面写着"欢迎来到'公鸡'"，旁边贴着一张针对异性恋访客的会客办法，整套规则是由保罗从英文翻译过来的。上面明白写着：请异性恋者搞清楚，他们的性倾向在这里是少数族群，他们的行为举止在这里不受欢迎，而且会对这里的居民造成困扰。因此，他们不失友善但坚决地要求异性恋者：尽可能谨言慎行，请勿张扬自己的性倾向，严格禁止亲吻、牵手与其他肉体亲昵接触。

他们准备了各种寝具，从睡袋、防潮布到小帐篷，一应俱全。两人来到小岛，准备搭起帐篷，和这些都市人碰面。

莱恩将睡袋布置好，他和格特一定要睡在彼此身旁。睡袋铺在摊开的防潮布上，看起来真是整齐舒适，简直就跟真的床没什么两样。他甚至在帐篷里玩起扮家家酒的游戏来：在其中一个角落摆着汽水与整包薯片，假装是厨房；另一个角落放着化妆镜、牙刷与牙膏，假装是盥洗室。他觉得这样真是好玩，有点像角色扮演，有爸爸、妈妈，还有小宝宝。

他幻想着，自己和格特会住在这里，住到地老天荒。

哥哥生起一团小营火，静候其他人的到来。他又是一罐啤酒下肚，还拿着啤酒凑到莱恩旁边，要他试喝。莱恩小心翼翼地啜饮一小口，生怕自己马上就会不胜酒力，烂醉如泥。

趁着酒兴，格特聊起在乌德瓦拉的秋季学期，他已经与一个夏季常来岛上度假的家庭讲好，秋季时让他寄宿。

"所以现在轮到我从井边打水啰！"格特大笑。

莱恩跟着笑了，然后跟格特保证，乌德瓦拉可不像这里穷乡僻壤，室内水龙头一定会流出饮用水的。

虽然到井边打水一点也不好玩，但他们还是趁势拿这件事开开玩笑。格特用手指轻轻抚弄着莱恩的头发，最后整条胳臂搭在莱恩的肩膀上。

莱恩丝毫不敢动弹，甚至不敢呼吸。

他感觉到哥哥胳臂的分量，感受到格特下臂的暖热一再轻触他的脸颊。

这一切真是太神奇、太销魂了。

不到一分钟光景，海面上就传来小艇马达的嘈杂声。格特收回搭在莱恩肩上的胳臂，站起身来，随手一捏就将空铝罐捏得严重变形。他真是太强壮了！

其他人在隔壁小岛上扎营，离他们帐篷所在的小岛只有一水之隔。他们当中一个女生觉得另外一座岛比较漂亮，大伙就顺了她的意，在此扎营。

莱恩开始焦虑起来，他好不容易才把帐篷内布置得如此别致，他可不希望拆掉这一切，重新跟着其他人到对面扎营。

最后，格特决定游到对岸与其他人会合。他跟其他岛民一样，游泳技术欠佳，对于他为何不直接搭小艇到对岸，这件事一直令人费解。

也许是当时一堆朋友在对岸瞎起哄，高声怂恿他秀一下泳技，他的好胜心才被挑动起来了吧。

然后，格特开始脱衣服。

从里到外，牛仔裤、夹克、毛衣、衬衫，他把衣服叠好，装在放着啤酒罐的ICA超市塑料袋里。

在耀眼的阳光下，格特雪白的内裤闪闪发亮，和晒成古铜色的健康肌肤形成鲜明的对比。年轻健壮的肌肉，紧实而富有弹性的肌肤，那是跃动的青春、饱满的活力。任谁都想象不到，这美好的胴体终有一天变得粗糙、僵硬……

那年夏天，莱恩才12岁。

他紧紧盯着格特赤裸、美好的身体，意乱情迷，目眩神驰。最后，还是格特问莱恩到底在看什么，才把这异父异母的弟弟唤回现实。

有那么一瞬间，莱恩以为自己会被毒打一顿。

但出乎他的意料，格特用手臂圈住他的脖子，半勒半抱住他。

"你这个小傻蛋！"他咯咯笑着，笑声明亮而爽朗。他将莱恩的头紧紧压在自己胸前。莱恩再次感觉到自己的脸颊贴着格特的肌肤，竟是那样平滑、那样柔顺。他发誓有那么一瞬间，他清楚听见了对方的心跳。

这是格特的生命，是他跃动的心。

他的青春，属于叛逆革命的夏天。

就在对面一水之隔的岛上，他的新同伴正高声呼喊他。

他放开莱恩，告诉弟弟等一下就回来。

他用发音标准的瑞典语对其他人叫喊着要出发了，把装着啤酒罐与衣服的塑料袋放在头顶上，纵声大笑。

"呃——好冷！"

然后游了过去。

他的初恋如暴风般，以迅雷不及掩耳的速度席卷而来。

一个来自北部诺尔兰省的男孩，把整栋公寓搞得天下大乱。

整段过程就像拙劣的言情小说一样浮滥。他们先是在国王岛的"佩平花园围墙咖啡"相遇，莱恩鼓足勇气，问那位俊秀的年轻人是否愿意和他跳最后一支舞。然后，他们直接回到莱恩位于斯维兰路的房间。

莱恩全然无从防御。过去，他本能地对威胁自己生命、凶险难测的海洋以及烦乱辛苦构筑起高耸的坝堤。然而爱情像决堤的大水，带来无以名状的混乱，使人陷入绝望。

这就是爱神光临莱恩的方式。

而且只针对莱恩一人。

莱恩彻底受到了影响。对方则像若无其事一般。

男孩从未真心爱过莱恩，他的纯情很快就变质为阴郁晦暗的肉欲。

那是一种深沉、阴冷的执着，痴情。

可笑的是，对方甚至并未住在斯德哥尔摩，只是在附近的耶夫勒市服替代役，来斯德哥尔摩只是为了找乐子，跟其他人厮混，本来就无意借住莱恩家里或与他联系。

而莱恩还是坚信，这个周末对方也许会不打电话就杀进城，给他一个惊喜。莱恩在心中编织了一个梦幻的剧本，心焦不安地赶到中央火车站，手里捧着精致的礼物，等待对方出现。

他竟坚信，对方会突然搭火车抵达斯德哥尔摩。

由于莱恩完全不知道对方会何时从何处而来，他还得注意每一班到站的火车。

就这样站着，心急如焚，在每一个月台寻寻觅觅。

这就是执着。这就是痴情。

痴情让莱恩像一头忧郁、没人爱的动物，心焦地在每个月台徒劳地寻找一个根本不会出现的人。

对方真正来到斯德哥尔摩的那几次，总是会在现身前先寄张明信片或者打电话。一接到通知，莱恩简直欣喜若狂。男孩大刺刺地躺在卧室的床垫上，睡在莱恩身旁；莱恩清醒着，忘情地盯着男孩瞧。

两人之间的关系极其扭曲。

其中一方彻底占有另一方，只有主奴关系，没有对等的本钱。

男孩主张双方都应该有与其他人做爱的自由，这在70年代真是司空见惯，几乎被视为理所当然、天经地义。莱恩只能乖乖遵命。他甚至失去了自我判断的能力，当对方不在时，他便与成打的男同志欢好，只因为对方讲过"可以随便和任何人做爱"，他就把这句话奉为圭臬。

有天晚上，对方突然来电，问能不能借莱恩的床垫打地铺，说他刚搭上一个无敌性感的挪威男，但现在一时找不到地方办事。

莱恩说：好。

他用抑郁寡欢、闷闷不乐的声音说好。他几乎一天到晚咳嗽，喉咙好像老卡着什么东西。但他还是说：好。

对方来了，喜形于色，全身散发着浓浓的酒臭味。他带着一个金发帅气但称不上特别俊美的男生，名叫奥拉夫。他们又叫又笑，摸摸抱抱，使出浑身解数聊天。莱恩只能在一旁，眼巴巴地瞧着他们那肉色、闪闪发亮的舌头紧紧交缠。

莱恩大可以跟保罗睡同一间寝室。但事实很残酷，他睡不着。

隔天早上，男孩和挪威新欢继续卿卿我我地爱抚着，男孩给新欢煮咖啡、煎蛋、倒果汁，对远道而来的贵客体贴得不得了。

莱恩一语不发，假装什么事都没发生过，努力使一切看起来正常、和谐。

当对方再度打电话来时，是保罗接的。他口气严厉地禁止对方再次出现在这间公寓，不然大家走着瞧！

莱恩伤心欲绝，整整两个月不吃不喝。然后他邂逅了来自美国在斯德哥尔摩学管风琴的安东尼，再次坠入爱河。

只不过他再一次所托非人。

他们一同前往加州旧金山——全球男同志的大本营。从美国回来以后，莱恩兴奋地向大家描述，那里有一个叫"卡斯楚"的城区，居民清一色是同性恋！于是他下定决心，要和安东尼搬到旧金山定居。

他们信誓旦旦地约定：安东尼负责搞定在旧金山的住宿问题，莱恩则顾好自己在斯德哥尔摩的学业。然后，两人一起远走高飞。

不到两个星期，莱恩就收到安东尼的分手信。事实是，在两人共同前往旧金山的旅程中，安东尼又跟另一个男的好上了。

老样子，还是老样子。

先是被宠得像天之骄子，然后从云端重重地摔进无底深渊。沮丧、绝望。

一次又一次。他越来越没信心，也越来越无足轻重。

那些从哥特堡、乌德瓦拉与斯德哥尔摩来的朋友窝在对面，高声怂恿格特，起哄，笑闹着。

他用头顶着塑料袋，游泳前进，模样真是逗趣。由于只能用单手划水，他的行进速度并不快。

格特可能也觉得，这段距离比他下水前所想的还要远。在他的朋友尚未抵达时，他没想到自己会需要游泳。然后，那些新朋友们临时起意在另一座岛上扎营，他只得游向他们。

他越游越慢，一度高声叫着："好冷！"

另一头，新朋友们还在高声大笑。

从他头部第一次低于水面，他们就笑个没完。

但那毕竟不是恶劣、不怀好意的笑。那是只属于青春的笑颜，纯真、快乐、无忧无虑……

然后，他们全都安静下来。

格特的头再度浮出水面，高举一只手，挥着摇着，仿佛在求助。另一只手仍紧紧地抓住塑料袋，浸了水的衣服早已重如铅块。

那位从哥特堡来的最年轻的女孩显然不知道发生了什么事，还傻傻地向他挥着手。

为什么不放开塑料袋呢？里头湿透了的衣服直将他往水里拖。

另一位来自乌德瓦拉的金发女孩突然高声惊叫："不！他快要淹死了！"

莱恩直到这时才搞清楚发生了什么事。

"他快要淹死了！"

所有人惊慌大乱，高声尖叫着。

"他要淹死了……他快要淹死了！"

莱恩呆若木鸡，一句话也挤不出来，独自呆站在他们原先讲好要扎营的小岛上。他疯狂、无助地摇着头。他会永远记得自己是如何无助地摇头。

他动弹不得。

他叫不出声来。

一切都是他的错。

最后，终于有人回过神来，启动小艇马达前去营救；另一个家伙跳下水，游向还在水中时浮时沉、无助挣扎的格特。

他还在发出求救声。

那是垂死之兽恐惧、绝望、无助的叫声，疯狂地用一只手拍打着水面，努力用那只空出来的手臂想办法让自己浮出水面……

另一只手紧紧握住装着衣服与啤酒罐的塑料袋。

一阵手忙脚乱之后，他们终于将他弄上船。他的拳头握得太紧，让他们不得不将塑料袋撕碎。

格特被放进棺材时，手中还握着一小块塑料袋的碎片。

躺在医院病床上，全身插满了软管硬管，这可真痛。一阵痛苦的痉挛，让他把摆在床边小桌上的一个托盘掀翻过来。托盘砰的一声掉到地上。玻璃碎了一地，水喷溅出来，纱布、纸片掉得满地都是。

　　他尖叫起来。

　　"救命啊！来人啊，救命啊！"

　　一个吓呆了的助理护士从门板的小窗口盯着他瞧，他能看见她恐惧的眼神，她的鼻梁、前额。她赶紧洗手，摸索，翻找着防护手套与口罩。慌乱之下，她拿到尺寸小一号的手套，手指塞不进去。

　　病人再度尖叫起来。她几乎要哭出声来，老天爷，还要穿上隔离服。

　　"救我！看在上帝的分上，快救我！"

　　另一位较年长的护士长从互锁门的外门冲进来，迅速而熟练地洗完手，依照平时训练的程序，有条不紊地换装完毕。

　　病人继续尖叫。

现在，她们才算完成了协助病人之前应做的准备。根据规定，穿戴完整装备的医护人员才能正式打开互锁门的内门。

冬天，他常直接睡在出租套房的厨房里，不时地定神瞧着洗手台壁砖上贴着的小卡："耶稣基督是这栋房屋的主人，他是餐桌旁肉眼无法看见的客人，更是每一段对话中沉默的听者！"

莱恩心想，他应该放聪明点。只要他在这破屋子里彻底保持沉默，什么事都不做，这耶稣就不关他的事了。

这就叫"上有政策，下有对策"。嘿嘿！

莱恩穿着整套衣服，躺卧在下铺，心想，只要他一直躺在这里，动也不动，视而不见，听而不闻，什么都不做、不想，不存在，时间的巨轮依旧继续向前推进，年复一年，他最后还是会长大成人，从床上爬起，走下楼，离开这栋破屋子，离开鸟不生蛋的芮索岛，离开童年。

然后，永不回头。

他已预见到自己成年时的所作所为，他会提着小巧秀气的"淑女包"坐上火车，朝斯德哥尔摩前进——对，斯德哥尔摩将是他最后的归宿。这次，他手握车票，有权决定自己的目的地与命运。更重要的是，不会再有人从中作梗。

已逝的8月天，晴朗无云。

但盛夏始终难以从隔离病房闭锁的窗户渗进。

躺在病床上的年轻男子，名叫莱恩。他被诊断罹患名为"卡波西氏肉瘤"的绝症，危在旦夕。

手臂、头部与脖子遍布着癌症导致的大型褐斑。

整个臀部与下背部遍布着可怕的褥疮。医护人员在伤口旁放置海绵，避免皮肤直接接触床垫并产生摩擦，但成效相当有限。

他轻薄如纸的身躯几乎可以透视，身形被持续不断的腹泻掏空，连肠脏都被挤压了出来。

他孑然一身。

从未有过任何访客。

一段时间以来，他几乎完全停止说话，漠然地躺着，沉默地与病魔搏斗。

他仿佛努力成为一具徒有躯壳的游魂。

有时莱恩会哭泣，但没有人知道他是因为痛楚还是悲伤而哭泣。

他自己选择了隔离病房与孤独，决意不让亲友知道。

假如母亲与继父前来探视他，他们就会发现他是同性恋。

他不想继续连累他们。因此，一如往常，他努力使他们毫不知情。这是最大的耻辱，无以名状且无人能够承担的耻辱。

最后，事情就是这样。他们被迫隐藏自己，不让别人知道他们究竟是谁，更不让别人知道他们染患的究竟是什么绝症。对他们而言，这是最骇人的噩梦，却无法回避。

他们孤单，孑然一身地躺着。

被锁在隔离病房内，互锁门，还有门铃。

独自承受苦难。

孤独地死亡。

根本就是浪费生命。

他怕极了！他默念着妈妈的名字，祈求她赐予他一点光线，但他看不见那光线。他只能沉默地躺着，泪竟止不住地流了下来。病床前空无一人，没有人能够伸出手，为他擦拭满脸的泪水。

尽管事实证明，莱恩的单相思与痴情始终未能有善终，住在男同志公寓的那些年，依旧是他生命中最美好的时光。

8月，他们参与同性恋解放大游行，大游行的参与人数可是年年倍增。莱恩也积极参与"同性恋社民党员"社团事务，在大本营提米夜总会担任志愿者。他的偶像是杨·哈玛伦德①、玛莉·柏格曼以及图瑞德等代表人物。他夹克上总会别着一枚绘有粉红色三角形的徽章，上头写着一行小字："挺身对抗压迫与法西斯主义的男同志"。他的脖子上挂着兰布达标记的项链坠子，几年来，这个小写希腊字母与粉红色三角形一直被视为代表同性恋人权的标志。其他类似的标志还有刻意挂在左耳的耳环，套在左手小指的戒指。莱恩不想赌运气，他整套照单全收，他是斯德哥尔摩全城最敢公开自己性向的男同志之一。

在示威游行中，没有人比他更大声地嘶吼着："看看我们在这里游行，请告诉我们你是谁！"

① Jan Hammarlund（1951—），当时瑞典第一批公开承认同志身份的歌手之一。

没有人的歌声比他更强劲，更有力："我们永远，永远不放弃！我们将像大树一样稳固，切记：我们永远，永远不放弃！"

也许，正因为他平时是如此高调，如此强势，才能在最后隐瞒住自己的病情。斯德哥尔摩的朋友们对他在芮索岛的童年时光所知甚少，他对自己的真实身份也多有保留。

套句陶德伯父常讲的话，正是斯德哥尔摩把莱恩"熏陶"成这副德行。

他在两个不同的世界中来回穿梭，保密措施极其严密，彻底过着双面人的生活。

也许，保密是构成他仅有的勇气与短暂欢乐时光的先决条件。

背地里，她们总是称呼那个被锁在2号隔离病房、孤独又沉默的男子"二号"。但是，他还是个人，他是有名有姓的。

他叫莱恩。

他的母亲、继父与同父异母的哥哥住在博户斯海岸北部的芮索岛上。

莱恩家人对他所患的绝症一无所知。他们其实也不应，甚至不需要知道。就像对于他的同性恋倾向一样。

或者说，他坚决隐瞒下去，不让他们知道。

再过几个小时，那位绰号"二号"、本名莱恩的男子即将蒙主宠召。

再过几个小时，他就再也无法呼吸了。

格特暖热、平滑的脸颊仿佛一副重担，压在莱恩胸口上。

此刻，在他的心脏即将停止跳动之际，他却听到哥哥年轻、强健的心脏还在搏动着。他看见他的微笑，他深绿色的眼睛是多么澄澈明亮。哥哥要他先等一下，他只是要游到对面跟其他人会合，很快就会回来……

名叫莱恩的年轻男子躺在病床上，奄奄一息。这是他断气前最后的意念。

是理解，更是解脱。

漫长的等待已经结束。

绝症已经牢牢攫住了他们。

1982年2月，《今日新闻》第一次针对同性恋者充满神秘色彩的新癌症进行了报道。该报声称，那些染病的丹麦年轻男性免疫系统有缺陷，原因在于"从事性行为时的卫生习惯不良，男同性恋者更易遭到恶性病毒感染"。

也许，跟其他人相比，男同性恋者并没有特别肮脏。

但他们还是怕得要死。

他们害怕接受陌生医生的诊断，不只被要求检查阴茎，还有口腔、直肠，最后不得不承认——对，就是承认，像犯人对警方认罪那样——承认他们就是同性恋者。

他们有各式各样的理由感到害怕。

同性恋者受到的待遇极差，遭人轻蔑，也得不到好的医疗看护，有时甚至得不到看护。

整个社会也感受到，这全新的、前所未见的传染病是非比寻常的严重威胁。

不只是同性恋者，所有人都有可能感染。要是没能及时控制病源并彻底隔离起来，疫情将一触即发。

假如只有死娘炮、爱用针筒的瘾君子或娼妓被传染，那倒还无所谓。只要无辜的大众安全无虞，就没有什么好顾虑的。但是，《快捷报》在1985年5月21日的标题，可谓一针见血。

《下一个就是你！》

你，就是你，还在看报纸。

你只是个平凡的瑞典人，没有怪异的性癖好，没有嗑药，更不是非洲人。你可能只是偶尔上一下窑子，找找妓女，然后……中镖了。

这些正常而平凡的瑞典人当中也流传着传染源！但大家却仿佛视而不见，等到病入膏肓，则为时晚矣。

1985年11月26日，《哥特堡邮报》刊登一篇报道，指出一对夫妇（丈夫是警员，太太是护士）非常害怕会在工作时感染HTLV-Ⅲ型病毒。它的标题写着："我们一被感染，就只能抛家弃子。"

直到1985年秋天，大众其实已经慢慢了解到病毒传染的主要途径，但报道却只字未提。这对夫妻的恐惧其实毫无医学根据可言。记者试图将此疾病描绘成对居住在郊区别墅、朴实、无辜的瑞典中产阶级家庭最可怕的威胁，还不忘添油加醋，来点煽情的描述：别墅中，小腊肠狗还高兴地蹦蹦跳跳，咖啡壶还在炉上冒着热气，小尤汉还在爸爸腿上爬上爬下，直到……直到"黑死病"爆发。

要怎样才能发现？要怎样才能保护自己？

历史学家卡琳·尤汉逊（Karin Johannisson）在《医学眼》一书中，讲述人类历史上对疾病各种不同的成见与定见。即使对追踪生物性病原的科技与知识日新月异，这些定见仍然牢不可破。

最常见的一种根深蒂固的观念乃是"疾病本身就是一种惩罚"。《旧约》多次提到，上帝决意惩罚不遵守戒律的人民，针对个人或整个民族降下各种瘟疫与麻风病。他还一度让以色列全境陷入瘟疫，只为惩罚大卫王本人的一意孤行。

大众应该要唾弃并远离那不洁、有罪的病人，否则，上帝立刻会迁怒到所有人身上……

疾病、罪孽与不洁的关联相当紧密。罪孽直接导致疾病，进而使人不洁。要想回到洁净之身，唯有康复一途。想要康复，就必须获得饶恕；想获得饶恕，就必须洗心革面，改过向善。

或像那位来自哥特堡的本特·毕格森牧师在《晚报新闻》访谈中所说的："如果艾滋病是针对同性恋者，使他们生病，让他们觉醒、回头，那艾滋病不失为一项福音。……

"罹患艾滋病的同性恋者，如果能够彻底觉悟，了解到身为同性恋者是最大的罪过，那么我们可以这么说，艾滋病完成了一项使命，它传达了上帝的信息。"

拉斯穆斯在班特毕业公演上义愤填膺、高声朗读的正是这段文字。

即使在宗教影响力日渐式微的今天，"疾病就是天谴"的成见仍以各种不同的形式持续出现。得病，代表自作孽，不可活！

疾病，就是个人生活的写照。

因此，病人应该被视为罪有应得，所有苦痛都是自作自受。或者如卡琳·尤汉逊所写的："疾病总是被赋予道德含义，象征着失败、衰退，甚至背弃。"

最后还可以被视为大自然拨乱反正、稳定秩序的手段。

上述所有观点，完全适用于20世纪80年代艾滋病爆发时的舆论。

《瑞典日报》一篇社论的作者忧虑不安地问，基督徒行圣餐礼时，会不会被传染啊？

报纸标题拟得相当暧昧，而且意有所指——"无辜的基督徒，也可能会感染艾滋病"。

除了《瑞典日报》外，其他媒体也不遗余力，非将病患分为"有罪的"与"无辜的"两大类不可。

其实，他们一直在这样做。

一名孩童接受输血时感染艾滋病，其中一家晚报指称："现在，不该发生的事发生了：艾滋病又夺走了一条无辜的小生命！"

由基督教会主办的《每日时报》更是抢先一步，将整件事盖棺论定，而且斩钉截铁，绝不让步："撇开因为输血、生产，或合法夫妻关系所导致的艾滋病病例，我们其实可以发现，每一个艾滋病患的行为举止，都是罪孽深重、不可饶恕的。"

要怎样才能保护自己？要怎样才能把瘟疫范围限制在那些人

身上？

就是那些罪孽深重的人身上。

否则，下一个就是你了。

《快捷报》在描述病因时，选择刊出一对拥吻中异性恋年轻夫妻的照片，场景相当浪漫，绮丽而引人遐思。照片旁的附注是："额头上轻轻一吻，不会有伤害的。"然后该报选择用一个秃头、盯着色情海报的老头的背影象征同性恋者，附注是："轻率的匿名同志性行为，将导致罹病风险大增。"

还有其他正本清源的办法吗？一定要想办法阻止那些同志无法进行所谓的"同志性行为"才行！

非常不幸地，不得不采取与法律保障个人自由相抵触的紧急措施——强制检验、列表管制、监控、隔离——但这一切都是为了社会大众的福祉着想。

包括韩宁·谢斯壮与雷夫·希尔博斯基等法学泰斗都知道，这种呼声严重抵触大众对司法的见解。但他们还是顺水推舟，将强制检验合法化，并制定严刑峻法。

"此处虽有明显的利益抵触，"雷夫·希尔博斯基不痛不痒地说，"我们不得不选择相对错误较少的措施并予以执行。"

他的同事韩宁·谢斯壮则表示："这种情况下，我们必须放弃对这个人的保护，以保护全体社会大众免受他所带原的绝症传染。"

那些进行所谓"同志性行为"的同性恋，他们居然没有染病！而且他们还是带原者！太可怕了！要是这些带原的鼠辈还能自由自在，到处乱跑，要不了多久，整个社会就会被疾病瓦解了。

不，不能信赖他们。

报纸杂志上，一篇辩论文章的作者故意用反诘法质问："我们为什么需要将这五千个带原者全部隔离起来？"随后又自答："因为我们不能保证，这些人都能洁身自爱，不乱搞不安全的性行为，不再传染给别人……同性恋者对性行为的依赖恐怕比异性恋者还要难控制！很难相信这些人的性行为是以'感情'为基础。想想看，每个同性恋者每年都有成打的性伴侣，所以我们不能假设他们会安分守己……"

染病的人，居然还要分为"有罪的"与"无辜的"两类。

有人被传染，有人负责传染给别人。

《晚报新闻》专访市中心诺曼区警局的警员汉斯·史特伦德，该警局目前正全力扫荡辖区内的同志性爱夜店。专访标题一语道破——"传播艾滋病的人，就是凶手"。

总之，那些被传染的同性恋者不算受害者。

他们是凶手。

不要对凶手太仁慈，不必对他们温柔。我们要保护自己不受伤害，这是天经地义、与生俱来的权利。

让我们再度引用史学家卡琳·尤汉逊的说法："首先，所有疾病史都证明，所有病因诠释与相同的'代罪羔羊'症候群，都为放逐、强制隔离与管制等措施提供了道德依据。"

现在的情况正是如此。

彻底分裂的社会。

包括政治人物、公务员、医生与警方在内的众多政府机构人员，都要求对传染源采取严厉的检验措施——先站稳脚跟，把带原者通通揪出来，借此保护社会上众多无辜的小市民，将病菌彻底歼灭。1986年，医生莉塔·提柏林与托毕扬·雷汀在《瑞典日报》辩论文章中提出建议，设置艾滋病社区，强制隔离病人，任他们自生自灭，就像中世纪处理黑死病患的办法一样。

约拿·伯格伦德是隆德市急诊医院病毒学家与主治医师，他认为应该对全瑞典人口进行强制检验，将带原者列表管制。他甚至沉重而严肃地建议，在病人身上刺上刺青，使他们无所遁形，就像希特勒统治下德国境内的犹太人，不分男女老少都得在胸前配上大卫星标志，这样才能与其他人有所区分。

讽刺的是，在这个号称多元包容的社会里，这种声音并不孤独。

就在提柏林与雷汀医生发表辩论文章的同一年，中央党国会党团提出一项建议案，强烈主张"在瑞典全国境内进行艾滋病强制检验，绝对有其必要与迫切性"。

同一年，"阿里巴巴男同志夜店"与"邮购股份公司"向专利局申请商标专利权，但同时被打回。专利局表示，"同志"这个字眼有违"社会秩序与善良风俗"，故不予许可。

同样在1986年，记者彼得·布拉特在《今日新闻》刊登数篇文章。文章中，他对不愿公布姓名的同性恋者之间如何交媾有详尽的描述。其中一篇文章里，他让一位匿名人士现身说法，还真有那么一小撮人对全世界所有人、事物怀抱着仇恨与报复的变态心理，努力传播病原。

努力传播下去。

那些传播艾滋病的人，就是凶手！

《今日新闻》《快捷报》等媒体皆以立场开明自诩，他们名正言顺地打着社会公义的大旗，要求对高危险群，尤其是同性恋者采取更严厉的管制措施。

"我们一定要让同性恋者负起责任！"这是《今日新闻》在1985年某天的大标题。1986年8月17日，瑞典出现第一起艾滋病死亡病例后不久，该报再度大篇幅报道，声嘶力竭地疾呼："赶快对所有男同志强制体检，根绝艾滋病！"

这都是为了安抚无辜、惊慌失措的社会大众。大众有权利了解，为保护他们不受疾病与带原者的侵害，政府已开始采取管制措施。

死娘炮。

对所有男同志强制体检，根绝艾滋病。

"神秘的艾滋病已在瑞典导致死亡病例，政府已计划针对全国所有同性恋男性进行大规模健康检查。"

《今日新闻》对所有细节问题，包括如何追踪男同志、找出他们藏匿的地点，以及如何强迫他们接受体检，只字未提。但这一整年下来，报社使出浑身解数，鼓动社会大众对带原者（男同志）的仇恨情绪，使政客与政府机关赶快通过其所乐见的强制立法。

其他国家的舆论充分反映出，人们对于"大自然运用疾病拨乱反正"的观点仍然根深蒂固。美国保守派社会评论家派特·巴克南开门见山地说："同性恋就是向大自然宣战，而大自然的报复行为是可怕的、使人胆战的。"

这些论点与瑞典舆论的走向不谋而合。

1985年5月29日，《斯莫兰邮报》一篇读者投稿指出："大自然的机制完美健全，一旦出现违反自然的情况，它就会有所反应。我和其他许多人抱持相同的看法，自然界透过艾滋病向我们传达一个清楚的信息——同性恋是不正常的现象，必须彻底禁绝。因此，除了找到艾滋病的解药以外，医学界必须致力于限制同性恋的影响范围。当本来不正常的现象被视为正常，原本正常的现象开始被认为不正常，是非颠倒、黑白不分的时候，艾滋病就是大自然血淋淋的警告。"

作者在文末署名为"人类"。

号称"客观中立"的医学界也有类似思维，试图解释为什么这项恶疾仅仅针对同性恋者。两位美国研究员提出一项理论：男性体内无法承受其他男性的精液——女性对一般情况下交媾时射出的精液拥有天然防卫机制，进入男性体内的精液则会彻底破坏宿主的免疫系统功能。

《劳工报》则在1984年春天写道："曾与具双性恋倾向男性进行肛交的女性，也罹患了艾滋病。但我们从未听闻过，与异性恋男性进行肛交的女性罹患艾滋病。原因可能在于，异性恋男性的免疫系统是健全的。另外，我们不能排除女性对精液拥有某种自然的免疫机制，即便我们目前对这种机制仍所知甚少。绝大多数艾滋病患都是男性，原因可能在此。"

大家都不相信这是真的。

大家都不相信竟会发生这种事情。

然而很不幸地，这是真的，而且就发生在这里。

包括医生、新闻记者、总编辑、社论专栏作家、政客、警方、牧师、法学专家与政府机关在内，都曾以某种形式侵犯了个人应有的权利。他们所针对的团体原已是社会的弱势团体，他们的煽风点火则使这个团体的处境雪上加霜。迄今无人对他们当时所造成的苦难负责。

这是莱恩最后一次从东岸坐车到西岸，沿途所见景色早已铅华落尽，一片彻底、凄冷的灰。

他的死讯顿时成为平面媒体争相报道的重大新闻，还被列为头条。世人对这种疾病所知甚少，每一条死讯仍具有相当的震撼度，每一则致死病例都被详尽地报道出来。然而当新闻热潮一退，整篇报道先是变成版面边缘的小告示，最后变成冷冰冰的数据统计，与其他死因并列在一起。

莱恩下葬于他生前恨之入骨的芮索岛家族墓园，这真是天大的讽刺。更讽刺的是，牧师在他的葬礼上，将芮索岛形容成莱恩魂牵梦萦的故乡，将这场葬礼喻为落叶归根。

教堂位于所谓的内陆区，即小岛的东端。墓园由石南地一路延伸到石墙处，教堂旁最古老的墓地可追溯至18世纪，许多石碑上密密麻麻刻满了名字，一代又一代的渔民和农夫，与其妻子儿女一起长眠于此。

莱恩的名字将永远被刻在石碑上，他将永远留在这座令他不自在的小岛上。

但是他的名字被刻在格特的名字旁边。即使到了来生，他最敬爱的异父异母哥哥还是伸出双手，保护着他，保护这位性格奇特、异于常人的弟弟。

莱恩的妈妈将永远无法理解，她亲手拉拔长大的小男孩，怎会年纪轻轻就死于肺炎，并且还患有这种只针对男同性恋者的癌症。对她而言，关于儿子的一切真相，他的为人与言谈举止，注定永远成谜。

她心想，一定有人在斯德哥尔摩强暴了他，他实在弱不禁风，禁不起一丁点伤害。

一想到这里，想到这座城市对儿子所做的事，她的心中就燃起一股无名火。但对她打击最大、使她一蹶不振的事实是，自始至终，莱恩对她保持沉默，只字未提。

他宁可独自受苦，也完全不愿意与她分享心事。

她的亲骨肉，她至亲至爱的儿子！

她只能一厢情愿地希望，曾经有她不认识的陌生人，在他担惊受怕时紧握住他的手，给他力量，使他不再畏惧。

夜深人静，她一再向上帝祈求，请他务必要给他一点力量，一点慰藉。他一定知道，她的小男孩是如此容易担惊受怕。

上帝绝不会抛弃他无辜的子民。

她难掩激动地向仁慈的上帝祈求，不要让她的儿子孤独地死去。

很不幸地，她所担心的正是实情。

他孑然一身死去。

今晚是周五例行的家庭灵粮之夜。《圣经》研讨会已经结束，现在是会后交流谈天的时间。他们在安妮塔与罗凡位于斯德哥尔摩郊区的家里，与他们的子女一起聊天。与会的还有另一个拥有四个小孩的家庭。安妮塔与罗凡最近才加入教会，英格玛认为，让他们对教会有真正的归属感是非常重要的一件事。

英格玛当仁不让，担任起《圣经》研讨会的主持人。他们也进行了重要的状况剧演练，让子女练习回答同学或他人将会对他们提出的、身为耶和华见证人的生活和优点，以及其他各种问题。安妮塔与罗凡的子女不久前才成为见证人，还不十分习惯这个角色与相对应的责任，更需要长辈的指导与协助。

一如往常，本杰明的表现相当优秀。玛格丽特也一如往常，像书童般心不在焉地陪读着。

会后，大家一起品尝安妮塔亲手烘焙的奶酪派，饭后甜点则是罐装水蜜桃加冰激凌。冰激凌还别出心裁地覆盖在水蜜桃片外缘，看起来像煎蛋。

大人们继续在客厅内交谈，本杰明、玛格丽特与其他小孩围成一圈，坐在育儿室的地板上，玩起"杀手"的游戏。

布丽塔从门口探头，打开天花板吊灯的电源开关，看看孩子们是否需要帮助。

"我把灯打开，这样你们才看得清楚。"

孩子们玩得正起劲，没人注意到她。大家围坐成一圈，彼此互望着。突然，玛格丽特躺了下来。

"我死了。"她耳语道。

其他孩子带着惊异、恐惧又陶醉的眼神，瞧着彼此。他们知道，在他们之中的某个人就是杀手。

他们聚精会神地玩着这场心理游戏，眼神从其中一人飘移到另一人身上。现在开始要来真的了！第二个死者随时会出现。

游戏的重点在于，杀手会对着参加者眨眼，参加者随即死掉，退出游戏。

眼神四处飘移。被杀手眨眼的人将立刻死去。

惊悚的是，没人知道杀手是谁，更没人知道，下一个死者是谁！

"啊，我死了！"其中一个孩子喊道。

"我也是！"另一人喊道，跟着躺下。

他们一个接一个死掉。

本杰明不安地瞧着游戏中幸存的三个孩子。其中一个年纪稍大的男孩，他的家庭新加入教会，他对他还不大熟悉。两人四目相望，露出一抹邪恶、不怀好意的微笑。

然后，他眨眼了。

接近半夜时分，保罗站在客厅，手上拿着装满香槟的酒杯，指挥大家唱起"平安夜，圣善夜"。尤希·波林悠扬的歌声透过留声机流转而出，为他们的大合唱提供最有力的配乐。这是拉斯穆斯与本杰明在一起的第三个圣诞节。在保罗家里过节，每次气氛都不太一样，但是保罗对尤希·波林的歌声，以及半夜时分高唱《平安夜》极为坚持，绝无妥协余地。当他们引吭高歌之际，赛尔波将手臂搭在拉许欧克肩膀上。保罗全身散发出浓厚的酒意与独树一帜的喜感，整个人看起来闪闪发光。拉斯穆斯接着唱下一句，努力拉高音，几乎要唱到破音。

"……救赎宏恩的黎明来到，圣容发出，荣光普照。耶稣我主降生，耶稣我主降生！"

本杰明讶异地凝视着拉斯穆斯。他小心翼翼地跟着歌声嚅动嘴唇，却完全不识歌词。当他们即将唱到曲末的高音时，班特雀跃不已，几乎要一跃而起。

"哈哈，大家还跟得上吗？"他高声喊着。

大家仿佛受到圣神与祖国的感召，唱得格外带劲，最后音量甚至压过尤希·波林。

"万民，下来迎接你们新得的自由吧！圣善夜，你为我们带来救赎！"

一曲唱完，他们为自己的卖力演出热烈鼓掌，又叫又笑，高声欢呼，彼此相拥着。

班特在自己的酒杯倒满酒，也为本杰明斟了一杯。

"你都没跟着唱。"他用责难的口气说。

本杰明摇摇头，挤出一个微笑。

"我就是不知道歌词啊。"

"我的天，你真是彻头彻尾的虔诚基督徒呢。"

本杰明叹了口气。每次他见到这些朋友，他们多少都会拿他出身教会的事实做文章，开玩笑，嘲弄他两下。

"对啦，可是我们是耶和华见证人，我们都唱别的歌。"

"我还是无法理解，你竟然是耶和华见证人。"赛尔波插嘴道。

"然后啊，还不跟爸爸妈妈讲！"拉斯穆斯在一旁添油加醋。

"好啦，好啦，"保罗赶紧帮本杰明打圆场，"这种事没那么简单啦，就像艾滋病一样。要得艾滋病很简单，真正困难的是让家里的老妈子相信，自己原来是从海地这种国家来的。"

保罗这个辛辣的笑话早就说过好多次了，但大家还是笑得开怀。

"且慢，怎么回事？"拉许欧克如大梦初醒般喊道，"你们不是已经同居了嘛！"

"我就是他的小玩伴。"拉斯穆斯轻佻地说。

大家早就聊过这个话题，拉斯穆斯的添油加醋也不是第一次了。

"好啦，我知道，我知道，我知道。下次再聊这个，可以吗？"

"你怎么还这么嫩啊，你当同性恋不是第一天了吧！"赛尔波难掩惊讶地喊道。

"班特也很嫩啊！"本杰明试着反驳，"你总该承认，这两年来我已经进步很多了！"他边说边指着拉斯穆斯，后者早已烂醉如泥。

"是，"拉斯穆斯一副受到冒犯的样子，"现在我在我爱人的生命里，依旧什么都不是。"

他说这句话的时候，仿佛微微颤抖着。这句耸动的告白听起来有点像经过事先演练，他仿佛已经事先预想过这情景，小心翼翼地把告白时的口吻、神韵通通保留下来。

大家都看见了，他的表情满意极了。

"你这个大傻瓜！"本杰明酸不溜丢地说。

保罗又朝天翻了个白眼，挥动软弱无力的左手，示意他们不要再斗嘴了。

"好啦，好啦，别吵啦！"他一边劝诫这对小情侣，一边举起装满香槟的酒杯，伺机变换话题。

"为救世主，干杯！"

"拜托，保罗，你明明是犹太人！"赛尔波摇头叹息。

保罗假装不知道赛尔波是什么意思，耸耸肩，哼了一声。

"好，现在，让我们为耶稣干杯！你们听好，为了耶稣，也为了我们今天缺席的朋友，干杯！"

所有人突然变得静默严肃起来。想到不在场的莱恩，每个人似乎同时感到一阵战栗。他们环顾四周，但他并不在场。

"为了我们缺席的朋友！"

"为了莱恩！"

他们干杯。

"为了莱恩！"

然后一饮而尽。

年纪较大的男孩名叫拉格那，有着红色鬈发，脸上长着雀斑。事实上，他只比本杰明大一岁，却整整比他高出一头。他和本杰明两人单独在房里，墙上贴满褐色壁纸，一把漆成白色的录音室长凳，两个男孩坐在一张黑色的气垫椅上。小小的留声机播放着"皇后合唱团"的黑胶唱片，这张专辑就是大名鼎鼎的《心痛》。音响设备上头有烟灰色丙烯酸玻璃制成的封盖。拉格那与本杰明肩并肩坐着，两人目不转睛地盯着唱片封套。本杰明戴着仅有的一副耳机，听着音乐。

他可以听见自己的心跳。

合唱团的每位成员躺卧着，眼神瞧着不同的方向，皮肤因汗水而闪闪发亮。其中一人的指甲上搽着黑色指甲油。

这音乐真是好听极了，不过这也意味着这些歌完全不适合耶和华见证人。当拉格那的父母选择正式加入教会，他们就将家中一切"物欲、不道德"的东西一扫而空，包括绝大部分的黑胶唱片。不过，拉格那费尽千辛万苦将这张唱片藏在地毯下。每次，他都要关门、从里面上锁，然后戴上耳机，偷偷摸摸地听这张硕果仅存的唱片。

这就像他的生命一般重要。

本杰明可以闻到对方头发散发的气味。歌声还在耳际回荡："听天由命，把它留给上帝吧，你还能怎样呢？"

此刻，他与拉格那共处一室，静静地，一同分享最大的秘密。这一切代表着无可取代的信赖感。坐在皮制的黑色气垫椅上，静静地，轮流用耳机听着被父母禁止的音乐。

这一切在两人间建构起一道无形的联结。那是一种同盟，一种只可意会不可言传的承诺，一种仅仅属于两人的友情。

两人相当严肃地共享着这一刻。本杰明有一种感觉，他好想就这样一直紧紧依偎着拉格那。他们简直像亲兄弟一般，或者更正确地说，他们就是亲兄弟，他们是教会的弟兄，都是侍奉耶和华的子民。耶稣曾说过："我赐给你们一条新命令，乃是叫你们彼此相爱。"

本杰明爱着拉格那。他可以感觉到自己的心脏正在剧烈跳动。

为使上帝满意，我们做人处世、举手投足，言谈之间都必须诚实以对。使徒保卢斯在写给以弗所人的信中，就曾这样鼓励过同是基督徒的兄弟姐妹们："你既信神，就应为真理而活，将真理告诉你们的邻人。"

也许，这就是本杰明向来义无反顾的原因。

扫罗也曾在《新约全书》的《希伯来书》中写道："我们希望，在万物中完全显现出诚实来。"

也许，本杰明真的不知道如何说谎、伪装，只懂得"诚实为上策"。

唱片播放完毕，他彬彬有礼地把耳机递给拉格那，沉思许久，然后从皮椅上站起身来。他的屁股还出了点汗。他对拉格那说："你等一下。"

他手上拿着唱片封套，关上房门，走向客厅。大人还在客厅里交谈。

他把唱片封套拿给爸爸看，高声问爸爸，拉格那这张藏在自己房里的唱片是否符合教义的道德标准。他字正腔圆，客厅里的每一个大人都听得一清二楚。

其实他心里早就有数。他的脸庞闪闪发亮，他只是想掩饰自己内心感到多么诚实，多么正直。

本杰明很爱拉格那。他们是教会的弟兄，因此，他向大人报告拉格那的事，完全是正确的选择。安妮塔与罗凡怒气冲天，冲进儿子房间，一把将唱片从留声机上抢过来折成两半，然后痛骂儿子一顿，他真是让他们伤心透顶。

这一切发生得实在太快，拉格那甚至还来不及从椅子上站起来。

罗凡坐在拉格那的床边，用轻柔、低沉而坚决的声音诉说着世间所有可能的诱惑、潜伏的危险，最后他告诉他：要真正成为耶和华见证会的成员，就必须达到特定条件，战胜一切阻碍。

拉格那的视线越过本杰明的父亲，发现躲在后面、探出半个身子的本杰明。

本杰明还站在门口。

躲在父亲身后。

静默着。

与拉格那气急败坏的眼神正面相遇。

尽管如此，本杰明一点都不后悔。他知道自己做了正确的选择。他已彻底奉行了上帝的旨意。

诚实总是会付出代价，这是千真万确的。但这些代价使人心安理得，这么做都是值得的。

长远来看，诚实与正直可以带来最大的奖励。事实上，与耶和华处于良好和谐的关系，实在至关重要。为什么要小心眼并偷偷摸摸地贪图自己不应得的利益呢？

他知道，将来有一天，拉格那会感谢他今晚所做的决定。

那晚临睡前，他躺在床上，感触良多。这就是他的结论。

但他无法入睡。吸气时，仿佛还能闻到对方发梢的气味。

扫罗在《希伯来书》中写道："我们希望，在万物中完全显现出诚实来。"

然而到目前为止，本杰明仍旧只字未提。时间一天一天过去，情况只会越来越困难，心魔会越来越难以克服。他和拉斯穆斯在一起三年半，同居也已超过两年了。

现在他必须面对的事实可多了，他的生活方式一点都不道德，神的国度早已对他关上大门，他每时每刻都犯着不可饶恕的奸淫罪。他还必须回答，自己为什么对这一切只字未提，为什么没有一开始就向他们求助，他怎么能够直视他们，然后当着他们的面撒谎——甚至还一而再，再而三地撒谎！简直难以计数！

"你既信神，就应为真理而活，将真理告诉你们的邻人。"

不。事实证明，本杰明既未讲述真理，更未为真理而活。

到了今天这步田地，他要怪谁？他爱自己的家人吗？还是说，他不想失去他们？

显然是骄傲感作祟。他当然知道，他们对他期望甚高，他简直是教会里所有年轻人的模范榜样。现在他这种行径，不只败德，还会连累到所有家人，让他们在别人面前抬不起头来。他知道，这已经发生，正在发生。

睿智的所罗门王在《传道书》中写道：凡事必有时，得、失、保存、抛弃、撕裂、缝补、沉默、发言，一切自有其时机。

既然这样，一个人到底能够沉默多久？何时才能开口？

书中也记载：哀悼悲恸与歌舞欢欣，也自有其时机。

本杰明开始猜想，未来，他将深陷于无可自拔的伤痛中。因此，他竭尽所能地哀求着，只求能在生命的下一刻，继续狂欢纵舞……

全家正在进行《圣经》研讨会，父亲正在讲述一个重要的论点。

"讨论时间即将结束，大家有什么感想吗？"他反问道。然后继续讲述："我们可以看看由扫罗写给帖撒罗尼迦人的第二封信，第5章第2节与第3节……"

所有人翻阅《圣经》。玛格丽特一如往常，找不到正确的段落。

父亲严厉地瞪着女儿。在他看来，玛格丽特纯粹就是懒散，漫不经心，没有别的原因。根据他的说法，女儿要想挑战父母，只有一个办法。

妈妈则一如往常试着打圆场，帮女儿求情。她靠近女儿，轻声呢喃着，提示她《新约全书》中各篇章的正确顺序。在教会里，随便一个青少年，都能对这些章节的顺序倒背如流。

"罗马书，哥林多前书，后书，加拉太书，以弗所书，提摩太前书，后书，腓立比书，哥罗西书，帖前书……就是它，你找到了！"她轻声指导女儿。当女儿终于将眼神移到正确的篇章时，她便伸出手指指着书页。

玛格丽特又往后翻了一两页，来到《帖撒罗尼迦后书》。

"找到没有？"

父亲尽力掩饰声音中的不耐与恼怒，他的声音依旧沉稳柔和，与他一贯的微笑相得益彰。

除了他以外，只有妻子与两个孩子在场。但他在主持研讨会时，讲话仍中气十足，仿佛对着一大群听众演讲。

现在他发现，玛格丽特又翻过头了。他的声音仍旧沉稳，微笑依然不变。

"不对，玛格丽特，是帖前书。对了，第5章第2节与第3节。本杰明可以为大家朗诵。"

本杰明畏缩了一下。等待妹妹翻到正确章节的时间实在太久，他甚至开始神游，心不在焉。被父亲突然点到，本杰明有些措手不及。

"本杰明？"父亲重复了一遍，声音带着清晰可辨的严厉。

"不好意思，我……"

爸爸瞧瞧本杰明，摇摇头。

"现在开始念，扫罗写给帖撒罗尼迦人的第一封信。"

本杰明开始念。

"弟兄们，论到时候、日期，不用写信给你们；因为你们自己明明晓得，主的日子来到，像夜间的贼一样。人正说平安稳妥的时候，灾祸忽然临到他们，如难产临到怀胎的妇人一样。他们绝不能逃脱。"

英格玛抬起头来，对他们刚读过的这段内容，显然感到相当满意。

然而就在此时，玛格丽特居然胆敢当着大家的面，对窗外烂漫的春光投去短暂却充满眷恋的一瞥。这样的举动当然难逃父亲的法眼。

他的声音严厉，不容任何质疑。他对在场所有人强调：此刻，他们与圣灵同在。

"玛格丽特？请你帮我们举例，证明我们与圣灵共同存在，共同生活。"

这时，本杰明有股冲动，他想站起来，大声尖叫。

他是同性恋!

他和爱人拉斯穆斯同居了!

在媒体针对男同志的"新瘟疫"大肆炒作、大做文章的同时，他的朋友已经染病，这是近在眼前的现实。根据报道，同志圈现已风声鹤唳，面对彼此的体液——血液、精液、汗液，人人自危。对所有肢体接触亦是如此，接吻、握手、拥抱，每个人都担心自己会变成下一个病人。

哪怕只是吞口水，或是身上有点小病痛，都可以让每个人生怕自己得了"新瘟疫"。只要稍微发个烧，或淋巴结有点小肿胀，他们就担心自己随时会"蒙主宠召"。

最初的病征极易使人误解，看起来就像流行性感冒，没啥大不了的。仿佛一朵涟漪，在湖面上渐去渐远，消逝无踪。

他们围坐一圈，玩着"杀手"的游戏。他们都在等着，某个完全意想不到的人突然直视着自己，然后眨眼。

他们都在等待判决。判决如劈下的大斧，降下的阴影是低垂的夜幕，更像从天国缓缓降临的天使。判决就像从天而降的一切事物。

他多么想摇醒父母，推他们，甚至动手打他们。"你们怎么不懂! 你们怎么还不懂!"

莱恩已死。拉许欧克也受到"新瘟疫"的感染，奄奄一息。本杰明怀疑保罗已经被传染，却苦无证据。至于他自己和拉斯穆斯——天哪，他不敢再多想了。

"我的朋友们死了！"他多么想站起身来，放声尖叫，"现在，看到了吧！你们与圣灵同在！看到了吧！"

然而，一切自有时。保持沉默，开口说话，都自有其时机。本杰明选择沉默，玛格丽特则喃喃自语了些什么，算是对父亲问题的回答，但声音轻得难以听见。父亲毫不客气地纠正她，然后继续讲述《圣经》。本杰明则闭上双眼，继续神游，脑中浮现一幕幕美好情景：他和拉斯穆斯跳着舞，跳着，跳着，一直跳着……

三年后，南区医院，第53号病区5号病房。本杰明坐在拉斯穆斯的病床前。拉斯穆斯转开脸庞，他干瘦得只剩下皮包骨，令人不寒而栗。他的整张脸是如此萎缩、消瘦，一双眼睛大得不成比例，仿佛整张脸只剩下那双再也看不见的眼睛。

"我差点忘了问你，有没有打电话给拉斯穆斯的爸妈？"

那轻柔的声音又从背后传来，本杰明不禁打了个冷战。他转过身，注视着那位一直待在病房照料拉斯穆斯的护士。

"没有，我……"

万物自有时。生死，喜乐。抛出手中的石块，静静地搜集石块。相拥，得失，悲欢离合……

他现在必须打电话，通知拉斯穆斯的父母。

哈拉德与拉斯穆斯一起在森林里漫步徜徉——就他们父子俩，莎拉并不在场。哈拉德会指出各种花朵与蘑菇，告诉年幼的拉斯穆斯哪些可以生食，哪些必须注意。他告诉拉斯穆斯这些花草的瑞典语跟拉丁文名称——说拉丁文时感觉文绉绉的，有些刻意，不过他倒是陶醉其中。他也会教导拉斯穆斯通过倾听来分辨各种不同的鸟鸣声，以及根据动物遗留的粪便准确预测树丛中藏着什么动物。

有时，父子俩都不作声，静静地走着，仿佛要将森林中的一切——所有气味、声响，以及周遭的一切景物全都吸入鼻腔。

每次拉斯穆斯想装得像个大人一样说话，就会这么说：把整座森林都吸纳进来。

自从那次，当他开始将"把整座森林吸纳进来"朗朗上口以后，每次在野外散步，有时甚至当着其他人的面，哈拉德总会提醒他这句话。

不过才短短几年的时间，当拉斯穆斯一而再，再而三地听见老爸在别人面前重复这句莫名其妙的话，像珠宝首饰一样拿出来炫耀，他就觉得真是够丢人现眼的。

但是在内心最深处，拉斯穆斯其实还是觉得这段话充满智慧。老爸发明这句话，真是世界上最厉害的爸爸。

哈拉德还教导拉斯穆斯如何判断布谷鸟叫声的来向与其含义，让年纪小小的儿子也能够张口即来。

"从南边传来布谷鸟的声音，表示有噩耗；从西边传来表示有喜讯；从东边传来的布谷鸟声，能抚慰人心；从北边传来则表示伤悲。"

拉斯穆斯是个好奇宝宝，问了好多关于布谷鸟叫声的问题，想一探究竟。弄到最后，哈拉德有些不胜其扰，索性告诉儿子，这只是一小段愚蠢的韵文，没别的含义。但拉斯穆斯可不吃这一套。

每次儿子问起，布谷鸟叫声从哪儿来，哈拉德总是撒谎。即使鸣叫声很明显从北边来，他还是糊弄儿子，说是从西边来，以免让他幼小、脆弱、敏感的心灵受到不必要的伤害。

"有喜讯啦！太好了！"每次，拉斯穆斯都欣喜又满意地喊道。

"对呀！"哈拉德总是这样应着。

哈拉德用纸巾将夹着奶酪与肉酱的三明治小心包好，父子俩坐在越橘树丛旁的一块石头上，专心地啃着三明治。

阳光自杉木与松树的枝丫间筛落，金黄闪烁的光芒，祥和静谧的气氛，给人一种身处教堂之中的神圣感。哈拉德停下口中咀嚼的动作，聚精会神地听着一只啄木鸟断断续续的啄木声。

"拉斯穆斯，有没有听到啄木鸟啊？答，答，答，答，答。"

拉斯穆斯也抬起头来倾听着。

两人会心一笑。

那声音听起来好似远在天边，却又近在咫尺。

哈拉德再度嚼着三明治，陷入深思。

"你记不记得，上次我们就是在这里，这块空地，看到一只白麋鹿？"他问道。

"我们去年来采蓝莓时看到的。"

两人出神地瞧着那块宽阔的空地。去年夏天，他们就在这里看见那只白麋鹿。

"它在哪里啊？"拉斯穆斯这么问道，仿佛觉得那只麋鹿早该在同一个位置等着父子俩大驾光临。

"啊呀，你这小子，我们也许一辈子只能看见这种白麋鹿一次。它们可不是天天出现的。"

拉斯穆斯看起来有点沮丧，心中有种莫名的失落感。

哈拉德拍拍儿子的膝盖："来吧？我们再走一小段吧？"

两人起身，拉斯穆斯将小手放进哈拉德暖热的大手掌内，继续走着。每当儿子拉住他的手，哈拉德总感到一阵莫名的骄傲。

"从另一方面来说，只有在维姆兰省的这个地区，才看得到这种白麋鹿。"

拉斯穆斯的小手放在爸爸暖热的大手掌里，走着，走着，不禁感到心满意足。

只有他住的地方——维姆兰省的这个地区，才看得到这种白麋鹿。这真是太特别了。

他喜欢这种感觉。

这时，北方又传来布谷鸟的叫声。

"太好了！有喜事了！"拉斯穆斯喊着，然后咯咯地笑了起来。

这段对话也许只有短短几秒钟，顶多一分钟吧。也许事后莎拉将会想起，自从接到那通来自斯德哥尔摩的电话后，在那恐怖、悲惨的几天里，她完全失去知觉，对时间的流转更迭毫不在意，一切就这样无法捉摸地从指间流逝，不再回头。

"是，是……我了解，我了解……"

她紧紧抓住电话听筒，感到一阵撕心裂肺般的痛楚，先由内而外，再由外朝内。

全身上下都不对劲。

有那么一刹那，她不由得停止呼吸，心想，自己恐怕会就此断气。她就这样静静站着，指间紧握住电话听筒，只要她能够屏住气息，时间就会静止不动，地球就会停止旋转，对，就像现在这样……

她仿佛想借自己的呼吸挽救他的生命，将他从危险中抢救回来，紧紧握在手中。

她只能一直重复：我了解，我了解……

其实，她完全无法了解。

哈拉德毕竟是她的老伴，光听她的声音，听到"我了解，我了解"，就知道一定出事了。他察觉到她整个人呆若木鸡，仿佛停止呼吸，就知道不妙了。

他忧心忡忡地走到电话机旁，想知道发生了什么事，想从她手上一把抢过听筒，自己来听清楚，到底发生了什么事。

"怎么回事儿？你了解什么？"

"我了解。"

莎拉将丈夫甩开，一把挣脱他搭在她肩上的手，用力握着电话听筒。她将听筒紧紧压在耳朵上，好似想用力听清楚对方在话筒另一端说些什么。

她久久不语。对方在话筒另一端仿佛说个没完。老天爷，有什么天大的事情可以讲这么久？

"我了解。"她只是一而再，再而三地重复，像跳针的唱片。

"你到底了解什么？"哈拉德忍不住吼道。

也许整段对话只持续了数秒钟。本杰明和莎拉的这段对话，绝不超过一分钟。

"真的很谢谢您。"对方说道，然后挂断电话。

在维姆兰省西部，科彭小镇社区内，一户民宅的厨房里，一位六十出头的妇人目光呆滞地跟着说了声"谢谢"。

究竟有什么好感谢的？只有天晓得。

她缓缓挂上电话，慢慢走到餐桌旁，在其中一张椅子上坐定。环顾整个厨房，那温馨愉悦的居家气息，这本是属于他们的小天地，一切是如此熟悉。他们的儿子曾住在这儿，在此成长、茁壮。门框上还留着铅笔笔迹，忠实地记录着他在3岁、4岁、5岁、6岁、7岁乃至8岁时的身高。

她张开嘴巴，仿佛想开口说话，却欲言又止。

"怎么啦？到底发生什么事了？"

最近这几年，每次电话响起，他们都担心得要命，生怕接到关于新的并发症以及各种恶疾与临床症状的信息。对于这些信息，他们只能静静聆听，点头如捣蒜，然后勉力保持镇静回答道："我了解，我了解。"

事实上，他们什么都不了解。

最近这几年，每次电话响起，忧虑与恐惧就像一把利刃，疯狂地在他们的胃里拧着、转着。

原因只有一个：一定是从斯德哥尔摩来的电话。

可能是儿子的"朋友"打来的。更可能是医生或护士从医院打来的。

总之，每次电话响起都不是什么好事情。

莎拉绝望、无助地凝视着自己的老伴。

她觉得自己即将灭顶，沦为波臣。

"不，那是……"

她没把整句话说完，反而换句话说。

"我们……我们得去斯德哥尔摩一趟。看来，已经……"

她没办法好好把话说完。她不愿意说出那个字，没法说出那个字。

说出口，就等于接受、默认这悲惨的事实。她绝不会这样做！她死都不接受，死都不承认！

不，她真的不了解。

最后，她尽了全力，把一句话说完："看来，情况不太妙。"

在那一瞬间，两人凝眸相视。然后，她的老伴转过身去，快步离开厨房。

"你要去哪里？"莎拉的叫声听起来惊恐不已。

但他跟她一样，不愿意，更无法回答，无法说出那个字。

他勉强开口："我没办法……"

然后，艰难地把话说完："好闷，我……需要透透气。"

房屋后方是一座低丘，森林就从这里开始向外延展。哈拉德也不知道自己究竟想干什么，他只是一直走，一直走。

走出房屋，踏上那座低丘。他现在只意识到，自己必须到森林里去。

他蹒跚，摸索前行，踉跄了一下，看不见自己究竟脚踏何处。

他哭着，呜咽着，泪流满面，从未感到如此孤独，无依无助。

泪水就像断线的珍珠不断落下，他无法抑制，只能任其漫流。

他那与众不同，时而难以理解，时而特立独行，至亲至爱的儿子。

现在，病魔牢牢攫住了他的儿子，张开恶心的血盆大口，将他像龙虾一般，生吞活剥，又吸又吮。

然而，出于内心的耻辱，他竟不能放声尖叫，不能与任何人谈起这件事，不能求助，只能独自忍受所有痛苦。

他如何能够承受？无比孤独，无依无助。

他在维姆兰深不见底的密林中蹒跚前行，脑海突然想起《圣经》中一段诗篇："我从绝望阴暗的深渊前来，远离沮丧，远离无助，远离耻辱……"

不幸的是，等待他们的不是宽恕，不是恩典，更不是救赎。

等待他们的，只有永无止境的欺骗。

对他们而言，上帝已死。

在前方等待他们的，只有深不见底、阴暗、潮湿、散发着沼泽尖石等腐朽气味的浓密森林。

哈拉德一直走，一直走，直到完全不知道该往何处去时才停下脚步。他抬头仰视从树梢透出的天空：乌云密布，幽暗沉郁。

他摇摇头，却又不知道自己究竟对谁摇头。

对他们而言，上帝已死。没有上帝，更没有救赎。

此刻，他正站在离家数百公尺外，在一望无际的密林深处。他突然听见儿子稚嫩、欢愉、清脆的声音。

"爸爸，你怎么了？你看起来好难过。"

拉斯穆斯就站在他身旁，一如往常，眯着眼睛，偏着头，好奇地瞧着他。哈拉德难掩悲痛地望着自己的儿子。

拉斯穆斯究竟几岁？8岁还是9岁？

　　一切仿佛还是昨天的事，但遗忘的速度实在太快，快到使人措手不及。

　　"没事，我没事。"哈拉德叹了口气，努力使自己看起来不那么悲痛。他不想让儿子担惊受怕。

　　拉斯穆斯皱了皱眉头。

　　"你看到那头白麋鹿没有？"

　　哈拉德感到困惑不已，四处张望着。眼下，除了自己、儿子，还有密不见底的树林之外，再也没有其他东西。

　　"没有，我没看到。"

　　"它们不常出现的。"儿子冷静地说道。然后，只剩下哈拉德孤单一人，独自留在深林之中。

　　本杰明走回拉斯穆斯身旁，紧握住他的手。

　　"你一定要挺住，哈拉德和莎拉很快就来了。"他柔声说。

　　他已经无法确认，拉斯穆斯是否听懂他所说的话。

　　此刻，他们已与圣灵同在……

"我希望在我的生命里，能爱上一个爱我的人。"

好一份意义非凡、惊天动地的爱情宣言。

拉斯穆斯一再对父母保证，不用大费周章到车站迎接他，他一再告诉父母，自己没带多少行李，不需要帮忙。他劝归劝，其实还是心里有数，这次回家，他们十之八九会亲自到车站迎接的。

不仅如此，他们还会开车到火车站，这样他就不用在大雪中拖着行李，蹒跚跟跄地前行。

哈拉德与莎拉都跟工作单位请了假，专程到火车站迎接儿子。两人紧张万分，努力忍耐着期待与雀跃之情，甚至看起来有些庄重严肃。

火车都还没进站，两人却赶了个大早，站在月台上等候，活像准备迎接重要来宾的接待团。哈拉德忍俊不禁，开起玩笑来。

"呵，你瞧，我们都把帽子拿在手上，恭候国王大驾光临呢！"他边说边笑。

莎拉倒是搞不懂哈拉德的笑点到底在哪里。现在这个场面，有什么好笑的？

"可别告诉我，你早上为了赶着出门接拉斯穆斯，都忘了洗头发喔！"

哈拉德继续调侃她，从旁轻轻推了她一下，言行之间充满亲昵。

莎拉哼了一声。

哈拉德讲这些废话，她可不买账。

事实摆在眼前：她为了拉斯穆斯特地洗了头发，特地做了他最喜欢的饭菜。根据她的说法，他最喜欢富有异国情调的咖喱肉片、椰子香蕉，简直是印度菜肴杂烩还是什么的。她特地在几天前就将他的房间打扫得干干净净，一尘不染，还命令哈拉德到公卖局买来西班牙醇酒。从昨晚到今天早上，她始终坐立难安，老是没来由地发脾气。谁都知道，她实在是太紧张、太期待了。

莎拉凝神注视朝着远方延伸的铁轨。

她心想，只要闭上眼睛，从1默数到30，就会看到火车进站了。她真的闭上了眼睛，开始默数，但才数到16就已经失去耐心，重新睁开双眼，恼怒地凝视向远方延伸的铁轨，看看是否已有火车进站的迹象。

这是人之常情。

9月，他们就在车站与拉斯穆斯道别，当时他即将启程前往斯德哥尔摩上大学。从那之后，他们就再没见过他。

圣诞佳节，他竟然不想回家，宁可与那些所谓的朋友一起过节。他居然在斯德哥尔摩这座鬼见愁的大城市里认识了"新朋友"，他们当然乐观其成，真正令他们气恼不已的是，他竟选择抛弃他们，选择彻底脱离他们的掌握。而他们还当他是小宝贝，他是他们的唯一，也是他们的一切。

现在已是新年，进入2月，他在即将满20岁时才想到要回家，与他们团聚。

他们终于能像对待孩子一样悉心照顾他，好好庆祝属于他的大日子。老天爷，他终于迈入20岁大关，岁月真是不饶人啊！

一切仿佛还是昨天的事。

昨天，他还站在客厅窗前，额头紧紧贴着玻璃。昨天，他还完全属于他们。

莎拉不耐烦地跺脚，向车站大钟投以匆匆一瞥。时钟清楚地显示火车老早就该进站了。不过车站内没有任何关于列车晚点的消息，所以他们只有继续耐心等待。

哈拉德也和她一样紧张不安。他站着，来回踱步，不时地还跟跄一下。他只有在紧张、感受到压力时才会这样。

火车终于进站，拉斯穆斯下了车。起先，他们完全认不出他来。他变了好多，简直成了另一个人。

旅居在斯德哥尔摩的这些日子，他变得相当怪异。染色的头发，飘逸的刘海儿，亲手缝制的衣物都让他看起来像个……怪人。

从某种角度来看，他确实变得比较有男人味了。清爽的小平头无形中凸显出颧骨与下巴的线条，他身穿平常的牛仔裤，老旧的军用雨衣下套着一件相当厚实的羊毛衫，脚上穿着松垮垮的篮球鞋与蓝绿色袜子。

其实，他们完全有理由为这些改变感到高兴不已，甚至感激涕零。但不知怎的，面对改头换面的儿子，他们却感到无比害羞。

他已经变成另一个人了。某种意义上就像是个陌生人。

最后，莎拉还是凑上前，踮起脚尖拥抱他。哈拉德只能走上前，嘴里咕哝着火车怎么没准时到站，然后和儿子握握手。

驾车返家的途中，情况明显有些不太对劲。本来应该是欢欣鼓舞的气氛，却变得有些尴尬。

不管莎拉如何连珠炮般地抛出一堆问题，如何绞尽脑汁想开启话题，拉斯穆斯的回答都简短到令人生气，有时甚至对问题充耳不闻。

最后，三个人都一声不吭，快快不乐。其实他们分开了这么久，应该什么都可以聊的——是的，什么都可以聊！

结果他们竟然完全找不到话题。

拉斯穆斯甚至看起来并不太乐意见到他们。

大部分时间，他只是面带不满地从窗户向外望。总算到家时，哈拉德将汽车熄火，引擎发出一声叹息后安静下来；拉斯穆斯也跟着叹了一口气，深呼吸，然后才打开车门，爬出车外。

此时正是2月，凛冽的严冬依旧肆虐，从火车站开回家的这段路上，天色就已全暗了。

闪亮的明月映照在覆盖着白雪的庭园里，但见一片皎洁银白。

晒衣架、秋千、紧邻着篱笆的铁门，一切都被霜雪所笼罩，在月色映照下银光闪烁。寒冷的空气无情地啃噬着裸露于外、毫无衣物保护的脸庞。拉斯穆斯双手抱胸，每呼出一口气，白色的雾就像冰柱般从嘴里喷出。他大步走向大门。

门被锁住了。他站在门口，一面跺脚以维持住单薄篮球鞋里的一点热气，一面转过身来，不耐烦地看着父母，等着他们赶过来开门。

"你怎么把门锁起来了？"莎拉对着哈拉德吼着，仿佛他犯了天大的错。

"我当然要锁门啦！"哈拉德不以为然地哼了一声，"我们每次出门不都应该锁门的吗？怎么啦，拉斯穆斯没带钥匙吗？"

两人转身面向儿子，面带责难之色。

"你没带钥匙吗？"

拉斯穆斯一脸漠然，像受到冒犯似的。

"我为什么要带钥匙？"

莎拉想要反驳。

"哦，我只是想知道而已！没事，没事！"随后她整个人又静默下来。

哈拉德喃喃自语，听不懂他到底在碎碎念什么。两人不约而同地掏出自己的钥匙，莎拉用力把哈拉德从门口挤开，然后开门。

拉斯穆斯急匆匆走进屋，仿佛在进行临检，严厉地扫视整栋屋子，打开大大小小的门，走进每一个房间察看。莎拉如影随形地跟在后面。

他到底想看什么？他难道希望他们将整栋房子重新粉刷过，将所有墙壁拆掉重建吗？他期望整栋房子会跟以前不一样吗？

整栋房子就跟以前一模一样，他最好了解这一点。

一切，包括他的房间在内，全都保持原样。这一点，他总该感到高兴吧？

对，就跟以前一样！

但他看起来相当不满意，皱着眉头，双手抱在胸前，咕哝个没完。

然后，他走到客厅窗前向外望着，继续咕哝。

在房间内来回踱步，然后，继续咕哝。

哈拉德和莎拉小心翼翼地跟在他后面，生怕会出什么事。

最后拉斯穆斯说，他坐了大半天火车，很疲倦，想在晚餐前睡一会儿。然后他便走回房间，将门关上。

哈拉德与莎拉就这样被挡在外面。两人失望不已，面面相觑。

完全无法理解到底发生了什么事。

原则上，拉斯穆斯这次会在家待上一个星期。最初几天，他足不出户，甚至没有离开自己的房间，只是躺在床上，用随身听听音乐，两眼呆滞地望着天花板。

莎拉对拉斯穆斯回家的第一顿晚餐寄予厚望，用心地准备了大餐，却相当不成功。拉斯穆斯只随便吃了几口饭就不吃了，甚至一句话都没说。

他一天到晚都在喝酒，一喝就是好几杯，速度之快，令人忧心。莎拉以前可从没看过他喝成这样。她尽可能不多说些什么，但看到拉斯穆斯这样喝酒，还是忍不住用手捂住嘴巴，这真是太触目惊心了。

"奇怪，他怎么一点都不高兴？"莎拉失望地喥嚅着。晚餐后，她和哈拉德一起整理厨房，讨论着。她的声音细如蚊蚋，不想被拉斯穆斯听见。那孩子一吃完饭就闪进自己的房间了。

"还喝酒喝成那样。我的天！"

"这没那么严重吧？"哈拉德试着安慰她，"三个人分掉一瓶酒，没什么好担心的啦。"

"你胡说些什么！我才倒了一次酒，而且连一杯都不到！"莎拉瞪了哈拉德一眼，然后用力地擦拭着餐桌。

拉斯穆斯住在家里的这一个星期，哈拉德和莎拉白天还是照常上班。回家后，他们与儿子共进晚餐，然后看电视。他们不知道拉斯穆斯白天都做些什么，不过很明显，他几乎足不出户。

其中有一天，拉斯穆斯跟他们借了车，到阿尔维卡拜访贾蓓拉与蜜，他高中时期最亲密的朋友。晚上9点，他打电话回家，表示要在蜜家里过夜。

莎拉简直不知道该如何自处，这跟她事先想好的完美剧本截然不同。

拉斯穆斯直到隔天傍晚才回家，回家后也没有表现得比较平易近人一些。

父母免不了会问问贾蓓拉与蜜的近况，拉斯穆斯只是草草应付了事，说蜜在多慕斯咖啡屋找到工作。多慕斯咖啡屋就是他们高中时最常喝咖啡、聊心事的地方。今年夏天，她准备到南美洲旅游半年，所以现在拼命打工，一心要筹足旅费。

他又说贾蓓拉申请了新闻学院，运气还不错，被录取了。秋天她就要搬到斯德哥尔摩，开始全新的生活。

然后，话题又用完了。

拉斯穆斯礼貌地谢谢父母帮他准备晚餐，把碗盘堆到流理台上，然后一屁股坐在沙发上，盯着电视机看。

哈拉德坐在拉斯穆斯旁边，留莎拉一人洗碗。

突然间，她好像终于受够了，把刷子狠狠一扔，溅起一堆水花，冲进客厅，关掉电视机，高声吼道："你是哪根筋不对？"

拉斯穆斯与哈拉德诧异地望着她。

"你现在给我好好讲清楚，你到底哪根筋不对！一定有问题！你这该死的小子，现在给我讲清楚，否则我就打死你，打到你讲出来为止！"

她使尽全力掐住拉斯穆斯的胳臂，就是要让他觉得痛。

"莎拉，你行行好，冷静一点！"哈拉德在旁边不安地劝阻。

"我绝对不会'冷静一点'！"她继续尖叫，"绝不！"

拉斯穆斯用力挣脱，站起身来。

"该死！这一切真是烂烂烂烂透了！"他吼道。

"什么？很好，你这小混账，有种别走！"莎拉勃然大怒，"你竟敢羞辱我们！"

拉斯穆斯想抗议。

"瞧瞧你干的好事！无聊的老爸老妈只会待在这该死的科彭镇上这间又破又丑的屋子里——你是不是这样想的？你可怜的老父老母，从小拉拔你长大不说，还得把你服侍得无微不至，就怕你他妈的出了什么三长两短，怕稍微不顺你的意思，怕你从此不回家！该死！"

莎拉毕竟不习惯骂脏话，骂完，她放声大哭起来。拉斯穆斯听得心烦，索性把耳朵捂起来。

"莎拉！你最善良了，行行好……"哈拉德简直是在哀求她。

"我一点都不善良！够了！"莎拉大吼，"现在叫拉斯穆斯给我说清楚！"

"没事！什么事也没有！"这下换拉斯穆斯尖叫，双手食指紧紧塞住耳朵，冲进自己的房间，砰的一声重重关上门。

莎拉简直快气炸了。

她跌坐在沙发上，双手紧紧抱在胸前，咬着嘴唇。整个晚上她都保持着这个姿势。

他们清楚地听到了，拉斯穆斯用钥匙从房间里将门上锁。

哈拉德静静地走回厨房，独自收拾剩下待洗的碗盘。

过了一会儿，哈拉德小心翼翼地走到拉斯穆斯房间前，敲了敲门，问他要不要喝点什么。他站在门口静静地听了一会儿，然后走回客厅，坐在莎拉身旁。她还是保持着同一个坐姿，双手紧紧抱在胸前。

两人静静地坐着，眼神没有交会，只是默然地直视前方。

然后，哈拉德开口说话，声音无比轻柔："嗯，详细情况我真的不知道，但听起来，这小子一直躲在里面哭。"

隔天早上，两人蹑手蹑脚地起床，开始准备生日蛋糕与礼物。两人耳语着，轻声地争吵着，还没有就何时叫醒儿子达成共识。自拉斯穆斯两岁起，每逢他生日，类似的争执就要重复一次。昨晚才发生那样的事，现在该如何是好？是让他继续睡下去，还是该把他叫醒，祝他生日快乐？

哈拉德买了一只腕表，莎拉则为拉斯穆斯买了一双全新的手套，以及美国著名女歌手贝蒂·米勒的新唱片。上高中第一年，拉斯穆斯在阿尔维卡电影院看了《歌声泪痕》，从此迷上了贝蒂·米勒，如痴，如醉，如狂。

他们只能希望，这一切精心安排不要被昨晚那场无谓的争吵给毁了。莎拉和拉斯穆斯在争吵后彼此就没再说过话。他从房里将门反锁，最后莎拉只好上床睡觉。她毕竟也是人，也会累，也需要休息。

不过她还是为此辗转难眠了一整晚。

现在，咖啡已经煮好，早餐的三明治已端上桌，刚烤好的丹麦酥皮点心热腾腾地摆在桌上。每次家里有人过生日，都一定会吃酥皮点心。哈拉德在一旁起音，试唱着生日快乐歌。

莎拉手上端着装有蛋糕、点心与咖啡的小托盘，走在前面，哈拉德拿着礼物走在后面。在这个家里，永远只有两人组成这短短的庆生游行队伍，永远由莎拉走在前面担任领队与指挥，哈拉德走在后面充当后卫仪队。

"祝他长命百岁……"他们唱着，来到拉斯穆斯门前。莎拉侧身退到一旁，她手上端着沉重的托盘，实在不方便开门。

哈拉德转动把手，才发现门还是反锁的。拉斯穆斯怎么可以整晚都将房门反锁？哈拉德心中边抱怨，边敲门，活像个旅馆服务生。

等待开门时，他们继续唱着："祝他长命百岁……"

拉斯穆斯一定是一时大意，没发现房门整晚都是反锁着。听到他们在外面唱着生日快乐歌，一定会赶忙从床上爬起来，帮他们开门的。

但拉斯穆斯在里面一点动静都没有。他们像傻瓜一样站在紧闭的门外，歌唱完了，现在尴尬了。他们总不能再继续唱一轮，继续等吧？

哈拉德更用力地敲门，但声音依旧轻柔："小拉斯穆斯，你起床了吗？"

莎拉试着改用央求的口气："可爱的拉斯穆斯，妈妈手上的托盘好重，你帮帮忙，现在让我们进去吧！"

房里还是一片死寂。

哈拉德这下可火大了，手握拳，用力敲门，吼道："你听好，现在给我开门！你到底要怎么样？我说现在就给我开门！"

里面还是没反应。

莎拉终于开始哭起来，泪如雨下，哽咽着："我跟你爸爸多想帮你庆祝生日……你竟然……这样对我们！我不……不懂，你怎么……怎么可以这样！"

这时，钥匙在锁头里转动，门忽然开了。

但是，就在两人冷静下来想重新唱生日快乐歌时，拉斯穆斯抢先开口。他的口气相当阴沉，像在指控他们似的。

他只穿着内裤，站在小时候房间的地板上，眼睛哭得红肿，整张脸充满倦意，显然彻夜未眠。他的声音充满了恐惧，但是异常坚决。

"我是同性恋。好了，现在你们知道了吧。"

对啊，没错，他们听到了这个词，但这是什么意思？

儿子的这段自白到底是什么意思？

孤独，如阴影般晦暗的存在，社会的弃儿，老来膝下无子，然后是更深沉、更无可救药的孤独。一个牢不可破的恶性循环。

这些，莎拉都心知肚明。

20世纪50年代初期，莎拉还在护专就读，有次课堂上来了一位丹麦籍教授，主讲性扭曲与各种异常越轨行为。他说，这些病征都可视为生物学上的亚种，与基因缺陷、精神病、犯罪倾向、歇斯底里症状、手淫等迹象密不可分。尤有甚者，这种年轻人还会被同性恋者盯上。这些老贼的人生早已全毁，无脸在社会上见人，竟然还贪图年轻人健美青春的肉体……

整堂课上，莎拉一想到这些可悲又可恶的病人，就感到浑身不自在。她何尝不知道，这些病人对自己的困境早已无力自拔，终其一生只能活在缺陷中。

晦暗，彻底枉费的人生。

后来，她甚至认识了一个同性恋者，而且还与他有过深入的接触。

在那场客座演讲一年后，她在乌普萨拉一所学校内担任护士，认识了一位优秀的年轻男士。他名叫艾根，是学校的班导师，聪明、幽默又有魅力。两人交往了好一阵子。

虽然他比她年长几岁，言行举止却还像个小男孩，总是那么礼貌、体贴、谦虚，从不咄咄逼人、吹牛或粗鲁地对待别人。

他常对她献殷勤，却从没想与她发生任何性行为。

"我们就把这种好事留给婚姻吧。"他老是这样打趣，每次谈到这件事，都会意味深长地眨眨眼。

老实说，艾根是她有生以来遇过的最理想的男性。

随后，海贝里性丑闻案①爆发，各大媒体大篇幅报道丑闻的同时，连带揭出了斯德哥尔摩地区各个同性恋帮派与小集团。各种传言与耳语四处流传，甚至一路牵连到内阁高层。然后，艾根，她的挚爱，突然变得像条丧家犬一样，终日惶惶不安。

某天晚上，他来找她，向她自白——对，没错，他就是其中一个可怜虫，他就是同性恋者。

这样一个败类，竟然在神圣的教育机构工作，整日与青少年为

① 1952年震惊当时瑞典社会的同性恋丑闻。身为餐厅总经理的科特·海贝里（Kurt Haijby），声称自己与国王格斯达夫五世有亲密关系，借此向许多传记作家、出版社及包括《今日新闻》在内的各大媒体，兜售故事，欲获取暴利。

伍。他们健康活力的肉体，不仅最具吸引力，也最容易受到引诱，难道不是这样吗？

他开始相信他的名字迟早会出现在媒体上，会有人去举发他，说他是同性恋者，他会被学校解雇，他的人生也会跟着毁了。

他一再以死相逼，想要上吊来结束这可悲的一生。不然，他该怎么办？

他绞紧双手，哭了又哭，吓得她六神无主，又不禁觉得他怎么会这么可怜。

她实在无法想象这样的一个人，她真心喜欢的男士，温和又谦逊，怎么会想伤害别人呢？

"救救我吧！"那晚，他就这样跪在她房间里，一而再，再而三地哀求。"救救我……我没有别的办法！"他绝望地大叫着。

假如她愿意嫁给他，就能使他获得救赎，就可以保护他，像一堵厚实的墙，使他不至于被推下万丈深渊……

啊，她几乎就要答应他了。她多么想将他从不幸中拯救出来，帮助他，抚慰他。

但是，不行，她不能为了救他而赔上自己的人生。不能这样！不能在这种情况下结婚，两人共同承受一个天大的谎言，她办不到。

她稍微多想了一下，就发现另一个更可怕、更令她战栗的事实：只要两人结婚，他获得婚姻掩护，就可以继续待在学校里，引诱年轻人，残害国家幼苗。

这实在是太恐怖了！

　　所以，她决定放手，坚定地拒绝他。

　　听完她的话，艾根站起身来，彬彬有礼，为自己刚才崩溃的情绪向她致歉。他感谢她愿意听他把话说完，就像这样，两人面对面坐着，沏一壶热茶，促膝长谈。他保证再也不会麻烦她了，说完，他离开了她的房间。

　　之后，他主动向校方提出辞呈，离开了乌普萨拉。至于他后来到了哪里，是生是死，莎拉就不知道了。

　　此刻，她手上端着儿子的生日蛋糕。她十根手指紧紧抓着托盘，指关节都发白了，看着赤裸着上半身的儿子，脑海中不禁想起艾根，那个最后选择逃离学校、逃离乌普萨拉的艾根。情绪化、哭肿着脸，向她表白自己也是同性恋者。阴郁晦暗，注定孤独一辈子。社会的弃儿，如阴影般的存在……

　　她气得想就这样把托盘摔在地上，狠狠地用拳头捶他、揍他，打死他！她真想放声尖叫，用指甲把他撕裂！她真想放声大叫："去你妈的！想都别想！"

　　但她只能用十根手指紧紧抓住托盘，用力到指关节都发白了，活像女巫的利爪。

　　唯有这样，她才不至于失去理智，狠狠狂揍儿子。

　　哈拉德就站在莎拉背后两步远的地方。

　　他也听到了，听得清清楚楚。

　　"我是同性恋。"

他的见识阅历比较丰富，看过比较多这类的情况。偏远地区的田庄与小渔村里，总有很多年纪已经老大不小，却迟迟没有成家的单身汉，他们可能太害羞，可能只是无法找到理想的伴侣，可能就是遇不到合适的女孩，经年累月的拖延终致枉费大好青春。

但是，关于这些单身汉的流言蜚语，也在所难免。

家长们还会警告自己的小孩，以后啊，千万别落得跟这些单身汉一样……

哈拉德听过太多这种故事了。他本人对单身汉倒没那么多偏见。

单身汉的人生是残缺不全的。这些人真的很可怜，他们一定跟其他人一样渴望爱情，渴望亲密接触，但就是等不到梦中情人出现。没有伴侣的人，就好像一点价值都不剩了，真是荒谬！

但那毕竟是别人的事。想到自己的儿子，他会变得跟他们一样？不，他绝不相信。

绝不！

没错，拉斯穆斯从小到大一直非常特别，这是真的。说他像偶像明星那般俊美可能太夸张了，但他绝对称得上英俊，只是内心比较脆弱，需要多一点保护而已。

他是很独特，但没想到竟然会在"那方面"如此"独特"——这太荒谬了，竟然会变成这样！哈拉德怎样都无法想象。

一定是出了什么问题，很严重的问题！

他一向都敢于面对质疑儿子性向的好事者，毫不畏惧地还击。

"嘁，拉斯穆斯哪有什么问题，他是个好孩子啊！"

他总是这么斩钉截铁，不让别人有机会反驳。

"拉斯穆斯哪有什么问题！""他没问题！""拉斯穆斯真是个好孩子！"

现在，他站在门口，手里捧着要给儿子的生日礼物，瞧着眼前这个哭肿着眼睛、已经长大的男孩，看着他修长、脆弱、套着内裤的身体。这是他们的亲生儿子，但此刻从他口中说出的话，竟是如此陌生。

当下，哈拉德的第一个直觉是他们必须不计一切代价，防止这件事透露出去，同时不要再提这件事，一个字都别提，就当什么都没做过，没说过！这不是真的！一定不是真的！这只是一件在斯德哥尔摩发生的小插曲，只是现在不小心在家里说出来了而已，这只是儿子在闹脾气，在胡思乱想，在挑衅！

哈拉德的思绪陷入混乱。

总得有人开口答话。他们当中总得有人回应一下，表示听到拉斯穆斯说的话。但他的父母只是站在那里，手足无措。

最后，莎拉先开口。她的声音细若蚊蚋："我们现在可以先喝杯咖啡吗？"

他们走到厨房，在餐桌前坐定。

拉斯穆斯自顾自地走到浴室，借了哈拉德的毛织睡袍，把自己包裹起来。

哈拉德看到儿子拿走自己的睡袍，差点没昏倒。

他突然注意到他赤裸的皮肤，还有下体裸露的部分。

随后，他安慰自己，等一下还可以把睡袍洗干净。他想象自己把睡袍丢进洗衣机，关上盖子，听到机器放水、转动的声音，才开始安心、放松下来。

莎拉依然相当紧绷。之前煮好的咖啡全冷了，她想必须再煮一壶新的。她急忙拎起杯子，放进洗碗槽，刻意在里头乱搅一通，制造一点声响，好掩饰所有人的沉默、害羞、不吭声。

拉斯穆斯蜷缩在椅子上，像个刚刚呕吐过的病人。然后，一声不吭就点了一根香烟。这是父母第一次亲眼看到他抽烟，这也绝对是他们第一次看到他在家里抽烟。

通常，莎拉会本能地制止他，但现在他就像一个陌生人，她根本不敢说什么，只敢走到橱柜前，打开下层抽屉，拿出那只陈旧的绿色烟灰缸。夫妻俩早已戒烟，烟灰缸已"躺"在橱柜里好一阵子了。

所以现在情况是这样：她家来了个陌生的同性恋男子，大摇大摆地坐在厨房里，抽着烟。

巧合的是，这陌生男子刚好是她的亲生儿子。

一开始，哈拉德有点犹豫不决，但随即就从拉斯穆斯那包红色丹麦王子牌香烟盒中掏出一根，点着，跟着抽起来。

"哈拉德！"莎拉慌张地叫道，但于事无补。她索性也掏出一根烟，抽起来。

父亲、母亲、儿子三人同时抽着烟。一语不发，一片死寂。

哈拉德坐着，陷入沉思。他真的陷入深思，然后才悠悠开口说道："这是货真价实的香烟哪！"

他把烟屁股在烟灰缸里捻熄。拉斯穆斯喷了一下鼻息，先深深吸一口气，再从鼻孔中喷出一片烟。他用纯正的维姆兰口音说道："是啊，不然你以为我会抽什么？金黄布兰德吗？"

之后，拉斯穆斯将礼物一一拆开：腕表、手套，还有贝蒂·米勒的新唱片。他试戴一下手套，觉得很好，只是尺寸大了点。莎拉不满地唠叨着，坚称她还留着收据，可以换一双新的。

腕表可是货真价实的男士表，相当有质感，但也颇有重量。哈拉德帮拉斯穆斯解开表带，试戴。

他小心翼翼握着儿子的手臂，像是握住年轻小姐的手臂一般，呵护得无微不至。一想到这儿，他就马上松开手，喃喃自语着什么，好像是在说闹钟和秒表的定时功能。

三人心里都煎熬着，想假装没事。

假装这不过就是平常的生日派对。假装拉斯穆斯完全不曾讲过那句话。

但老爸挑的腕表一点都不适合拉斯穆斯纤细的手腕，老妈帮他买的手套又太大。

他整个人实在太纤瘦了，不只是手腕或四肢而已。

哈拉德与莎拉基本上都相信拉斯穆斯讲的话是真的。

对，就是关于同性恋的那档事。

过去，他们从没认真想过这件事，仿佛是不可以想、不可以说的禁忌，他们都当这件事不存在。他们捂住耳朵，蒙上眼睛，装作不知道。

但是，现在躲不掉了。

他们盯着他瞧，心头感到一阵悲戚。

他们心里认为这一定是他们的错，这就是让他们想要放声痛哭的原因。

事实上，他们将会放声大哭，但不是现在。时候未到。

莎拉看着儿子拆开礼物，看到他整个人娇小到竟然可以被老爸的大衣包裹起来，不由得悲从中来。这就是她的亲生儿子，她的小宝贝，她生命的全部……

拉斯穆斯拆开另一个包装，看到贝蒂·米勒的唱片，整个气氛就变了。他几乎立刻喊道："真棒！不过本杰明已经买给我了。"

本杰明？

他们过去可从没听过本杰明这名字，更不知道他是何方神圣。他提到这名字时，神情又是如此自然，像是提到自己最亲近的人。

"本杰明？"哈拉德清了清喉咙。他现在可不想说错话，尽可能保持最柔和的声音。"他就是那个……怎么说啊，那个……你那位好朋友？"

"他是我男人，他是我男朋友。"

哈拉德看见眼前有一片深不见底的深渊，感到一阵天旋地转，但他还是努力稳住阵脚，强迫自己的声音保持轻柔、平和。他非常清楚，一旦失去理性，一旦控制不住音量，就等于笨手笨脚地掉下深渊，摔个粉身碎骨。

"男朋友啊？所以……我想……在这段关系中，你就是那个女人啰？"

他又清了清喉咙，满脸通红。这就是他所能理解的极限，每段亲密关系里，都有一个男人，一个女人。而他的儿子，他这个惹人怜爱、纤瘦的儿子……

"很好，谢谢！我已经听完了。够清楚了。够了！"莎拉猛然插嘴，然后起身，"现在聊点别的吧！"

"爸！"拉斯穆斯嚷着，觉得自己受了冒犯，"这段关系里，没有谁是男人，谁是女人的问题！"

"什么？"哈拉德大吃一惊，"要不然，你们是什么东西……"

莎拉高声压过其他人的声音。

"我不知道你们现在想怎么样，我想再喝一点咖啡。有人想要再来一点吗？"

这个上午如永恒般无尽绵长。每个人都蹑手蹑脚，生怕发出一点声音。午餐拖过中午才开动，而且用餐时依旧没有人说话。下午，拉斯穆斯跟哈拉德去滑雪场滑雪。

他跟在老爸身后，静静地滑着雪，就像以前一样，跟随着老爸的轨道，相信老爸的领导能力。

爸爸厚实宽阔的背膀挡在他前面，他的呼吸均匀又规律，动作老练而稳健。

雪、树木，还有静默。拉斯穆斯所有童年记忆中，印象最深刻的就是和老爸一起在森林里探险。一向如此，始终如此。现在就跟以前一模一样。

爸爸和森林，两道恒常不变的布景。

没过多久，天空染上一片血红。在天色完全暗下来以前，他们必须回到镇上。

在返回的路上，四周的密林筑成一道漆黑的天际线，要是老爸不在，拉斯穆斯恐怕早已吓得魂飞魄散。

但是，不用担心，有爸爸在。宽阔厚实的背膀，均匀又规律的呼吸，稳健而老练的动作。只要跟在爸爸身后，这个世界就没有危险。

拉斯穆斯凝视着远端科彭路上的街灯，回想起自己小时候多么害怕这里的黑夜。

整个小镇上，有灯火的人家寥寥可数，路灯又是如此分散，每处灯火之间总得隔上好长一段黑暗。

他这才惊异不已地发现，这里真是个小地方，人真是少得可以。他想到父母以及他们在这里的生活，心中顿时感到一股暖流。

他希望他们知道，其实他多想抱抱他们，谢谢他们，顺便告诉他们，他非常快乐。

但是当他们滑完雪，在回家的路上，他和父亲不知怎的，竟又羞怯起来，没人敢打破沉默。

两人别扭地努力避免眼神接触。两人都不知道该说什么好。

抵达家门口时，他们跺着脚，蹬掉沾在雪靴鞋底的雪块。莎拉从屋内探出头来，表示她没有事先打开蒸汽浴的电源开关。她想，他们一回家可能会想直接休息，不在意有没有做蒸汽浴。

父子两人心中顿时放下一块大石，但表面上都默不作声。

拉斯穆斯的生日晚会上，他们多年的老友兼邻居霍格也出席了。他非常了解自己的角色，总是那么谦逊，那么卑微：大家是看他孤家寡人才好心邀他来的。某方面来说，这是哈拉德和莎拉所共同决定的一项"善举"，尽量让霍格融入他们的家庭。霍格对此心知肚明。

就是因为他孤苦伶仃才会获邀。

通常，大家也尽量不点破这件事。现实就是这么艰难。"如果我当初没有遇见莎拉，现在不知道会怎样？"有一次，哈拉德就这样说，仿佛在告诉霍格，当初他俩很可能落入相同的处境。除此之外，大家都很谨慎地尽可能不说破。

霍格一无所有，在家陪伴他的，唯有年老力衰、行将就木的母亲。年复一年，日复一日，他的生活极为规律单调，平日到小镇的药房上班，假日则在花园里修剪草木。

过去，霍格曾花费相当大的心血，详细调查科彭小镇的历史，用文件夹收集各类剪报，并做了非常翔实的文字记录。他家的一个柜子里，收藏了一卷又一卷的胶卷。霍格的爸爸是教区主治医生，生前喜欢用相机记录科彭镇的点点滴滴，死后便将这些弥足珍贵的史料全捐给乡里。那是关于20、30与40年代的影片，主题不外乎猎鹿、在厂房挥汗工作的工人、在冰上溜冰的小孩，还有西装笔挺、身份不明的男士正惬意地在凉亭下喝着咖啡。一位身穿黑洋装的女士站在桌子后面，端着一小盘精致的蛋糕。全部是清一色的黑白照片。

可以这么说，调查小镇的历史是哈拉德与霍格共同的兴趣。而说到打猎，他们更是志同道合——虽然霍格的射击技巧有待加强。

晚餐时，哈拉德就跟霍格聊着小镇的种种变化，还有打猎的话题。

霍格还会跟莎拉聊聊关于护理的话题，这毕竟是他们共同熟悉的领域。

他跟拉斯穆斯就没那么多话题可聊，但可能是个性相投，他们还是相处得十分融洽。从某种角度来看，他们就像兄弟一样。

不过，霍格今晚有一项非常重要的任务：他被邀请出席，是要确保场面不至于太僵，顺便带动大家的交谈气氛。

场面已经够僵的了。他秘而不宣的任务，就是让大家都有话讲。

莎拉使出浑身解数，叽叽喳喳了好一阵子；哈拉德也强颜欢笑，只有拉斯穆斯还是一声不吭，闷闷不乐。

突然，他打破沉默，问霍格为什么大半辈子都没结婚。

这下子，所有人都陷入沉默。霍格的脸红得跟西红柿一样。

他说自己从小就内向害羞，成年以后还是没能彻底改掉这毛病，而且他必须照料长年卧病在床的老母，很多很多原因，不一而足。

拉斯穆斯目不转睛地瞧着霍格，仔细地打量着他，仿佛在判断他有没有说实话。霍格被瞧得不太自在，眨眨眼，眼神逡巡不定。

哈拉德突然起身，冷不防地抬高音量："好啦，各位！现在，我们来喝点烈酒吧。今天拉斯穆斯满20岁了，我们要好好喝一杯，好好庆祝一下。"

他们当中，总得有人先开口。

最后，是哈拉德先开口。

"这又没有像杀人那样严重。"他对枕边人耳语。

"的确，你说得对。"莎拉附和道。

哈拉德甚至想装得洒脱点，边说边笑，却笑不出声，只哼了一声。

两人躺在床上，眼神呆滞地望着天花板。生日派对结束了，拉斯穆斯明天就会离开他们，回斯德哥尔摩去。

"我最伤心的是，他一辈子都不会有孩子了。"莎拉耳语道。

"那当然了。"

两人沉默了一会儿，思考着这个既定的事实。

"只要他快乐就好。"莎拉耳语着。

"只要他快乐就好……"哈拉德应道。两人再度陷入沉默。

仿佛两人不约而同都真的希望拉斯穆斯快乐就好。上帝啊，行行好，请将不可能的化为可能，让他们的儿子快快乐乐……

屋内一片寂静，唯一能听到的只有地下室锅炉间传来的搅动声。窗户透进一抹冰冷刺骨的夜风。不管天气如何，哈拉德总希望睡觉时能保持室内通风，还是给窗户留了一点缝隙。他深深吸了一口气，将肺彻底浸在冷凉沁骨的空气里。

"你睡着啦？"过了一会儿，他轻声问枕边的老伴。

莎拉没睡着。她在哭泣。

他再次坐上前往斯德哥尔摩的火车；其实，他甚至不确定这样做对不对。搭上火车的此刻，他本来以为自己会感到彻底解脱，甚至某种胜利感，可是这些感觉全被悲戚、哀恸，甚至无止境的堕落所取代。

这几天，每当父母出门上班，只剩他一人在家时，他就会迫不及待地打电话给本杰明。他的声音如同一股暖流，贯通了他冰冷的心，两人同声欢笑，给彼此加油打气，让他更加坚定一定要出柜不可！

这就是他对父母摊牌的原因。

不过，平常最常在他旁边碎碎念的，还是芬兰人赛尔波。

"见鬼去吧，我们不能只告诉他们，我们无所不在，我们要用行动真正向他们宣战！从每一个衣柜里出来！从这该死的国家躲藏的洞穴里出来！"

赛尔波甚至引用美国人哈维·米克的话，他是美国第一个通过选举成为公职人员的同性恋者。数年前，加州议会试图通过一项允许解聘所有同性恋教师的法案，他二话不说就和这条法案的所有支持者杠上了。

哈维·米克的信念与勇气深深鼓舞了他们，当他遭枪击身亡时，保罗就曾说过："他会变成同性恋者的烈士，就像该死的马丁·路德·金一样。"

哈维·米克的演讲稿被翻译成瑞典语，刊登在《革命》杂志上。赛尔波高声为大家朗诵这些演说，念到激动处忍不住全身颤抖。

"只要我们还安静、认命地待在衣柜里，就永远无法赢得权利。……我们挺身而出，就是要对抗一切谎言、流言与恶意的扭曲。……我们挺身而出，就是要说出关于同性恋者的真相，只因我已彻底厌倦保持沉默。……我就是要说出真相。我更希望，你们也能挺身而出，说出真相！……你们一定要出柜！出柜吧！勇敢地在你们的父母、家人面前出柜吧！"

你们一定要出柜！

好一句至理名言，犹如醍醐灌顶。

要造成改变，他们只有亲自证明，他们无所不在，他们都只是有血有肉、活生生的人，不是妖魔鬼怪、牛鬼蛇神。他们为人儿女，存在于社会各行各业中，医生、警察、公车司机、歌剧演员、邻居、老祖母、幼儿园老师、健美先生，家家户户，每一间教室，每一个偏远小镇，每一处工作场所，到处都有他们的身影！

"我们不是异类！"赛尔波用颤抖的声音宣誓道。

"哎呀，对他们来说我们就是外星人嘛！"保罗继续呱呱叫，又点上一根烟。

拉斯穆斯心想，这就跟他从小受洗加入教会的同学一样，想要获得救赎，就必须受洗。

身为同性恋，想要获得救赎，就必须出柜！

但是在爸妈面前，向上天借胆，说出这句话，真是够难的！

从他在车站见到父母的那一刻起，他就陷入天人交战，犹豫再三。其实，他刚下火车时，就应该跟他们讲清楚的。

对啊，就在月台上大吼，一次搞定嘛！

我是同性恋！

但想归想，他就是做不下去。讲话总要挑时间，出柜也是。

特别是在几个月后的初次见面，更要注意。就像打电话一样，你不能激动地打电话给人家，撂下一句"我是同性恋"，然后就挂断。他曾想过写信，也动笔写了几句，但总是无法收尾。最后，他毅然决定在这次返家时向父母说清楚。

从首都回到科彭的火车上，他一直异常紧张。刚上火车时，出柜的意念还相当清楚，极为坚定，他甚至有种胜利者的感觉。但随着火车越来越接近维姆兰省，他竟开始动摇，意志也越来越模糊，完全无法集中。

为什么现在出柜又变得重要起来了？

难道就不能让老爸老妈耳根子清静一点，当个乖宝宝，在回家这几天让他们好好享受一下天伦之乐吗？过完这几天，上火车回斯德哥尔摩，继续过自己的生活，他们根本不需要知道这一切。不是吗？

不用闹别扭，不用斗气，他甚至不需要瞎掰说谎。

只是没说老实话罢了。

他们好久没见面，为什么要让他们难过呢？为什么要让他们失望？为什么？

不，他们迟早要失望的！

其实，他早想对他们开骂，只是一直忍住没发作而已。

这都是他们的错，总是爱他爱得这么紧迫盯人，活像两条张开大嘴、伸出舌头、围在他旁边大声狂吠的狗一样，搞得他不得不强迫自己适应。

他们显然不想了解他的想法，他的新身份，要怎样才能强迫他们正视？他们最希望的，恐怕还是他重新变成小宝宝，继续让他们疼，让他们哄！这就是他们想要的，回家不过短短几天，他为什么不能迁就他们一下？

顺从他们，迁就他们。

所以，他没说话。

一直不说话的结果，就是越闷越气，怒火中烧。

他开车到阿尔维卡拜访高中好友蜜，将自己的忧虑一五一十地告诉她。他们边抽烟边喝着咖啡，她从书架上取下瑞典作家爱格涅丝·冯·科鲁森娜[1]的书，其中一篇名叫《宝莲家的小姐》，这可是两人高中时期最喜欢的文章。这段故事的主角是丑恶的女教师蓓儿，她"眼神中燃着熊熊欲火，炙热的渴望，像个男人般盯着女孩子看。对她而言，色诱年轻女性是天经地义的事，年轻女孩的身体仿佛含苞待放、散发芳香的鲜花。

"从出世的那一刻，她血液中就流着这个牢不可破的恶咒……"

腐败又阴沉的蓓儿，所到之处全是死亡、疾病与背叛。

"花朵一边从粼光闪闪的水面探出头来，迎接阳光，一边从地底下，阴晦的腐朽中汲取所有养分与生机……"

---

[1] Agnes von Krusenstjerna（1894—1940），出身贵族的瑞典女作家，作品挑战当时瑞典社会的道德尺度，颇富争议性。

拉斯穆斯笑得乐不可支。蜜在朗读这一章时，还刻意调整自己的声音，让声音听起来更逗趣讨喜。两人都心知肚明，拉斯穆斯现在的处境就是这样：表面上是一朵鲜花，实际上从烂泥里汲取所有养分，所有生机。蜜朗读完毕时，两人只是静静地坐着，一语不发。拉斯穆斯打了个冷战，想到在同志圆环的搭讪与眼神游戏，想到克拉拉教堂北街那些开着车子、转来转去的家伙，想到跟他睡过的众多男人，他甚至完全不知道这些人是谁——又想到，他绝不能将这些事告诉蜜或其他任何人。

而他现在就要从这坨烂泥，这阵紊乱的咀嚼当中找到新骄傲，然后狠狠砸在父母的脸上。

当天晚上，莎拉的怒气爆发，大吼着要求拉斯穆斯说清楚，他整天"龟"在房间里，足不出户，摆臭脸，到底是怎么回事。这让拉斯穆斯脑筋顿时短路，冲进自己房间，反锁房门，不让爸妈进来。

一整晚，他缩在房间里，像母亲子宫内的胎儿那样窝在床上，像个泪人儿一般哭着。越来越绝望，食不下咽，什么事都做不了。

他怕得要命！

童年时期房间的墙壁，整个童年，整个狗屎蛋维姆兰，狗屎蛋希尔尼中学，狗屎蛋艾瑞克，还有他那些狗屎蛋——比妖魔鬼怪还要坏一千倍的小跟班，这一切不愉快与阴影重重压在他身上，压到他只能倒在地板上，不住地啜泣。

他知道，明天一大早，老爸老妈就会站在门口敲门，像赶着投胎似的，焦急万分地端着该死的生日蛋糕和礼物，小心翼翼，生怕又出什么差错，怕惹恼他。不过呢，他准备再让他们失望一次，这一次他可是认真的。他甚至不想继续当他们的儿子了。

早上，他听到他们在厨房里蹑手蹑脚，轻声搬动餐桌与座椅，开关橱柜的声音，还有一阵又一阵耳语。他们显然还没学乖，这激起他最后的反叛情绪。

他放任他们站在门口高唱"祝他长命百岁……"，高声喊着他的名字，对着紧锁的房门不耐烦地又敲又打，只是默不作声，双眼定定地瞧着前方，任由他们在外面从期待转变为崩溃。然后他起身，打开房门。

让他们瞧瞧他现在的样子。

眼神空洞地瞧着他们。

有那么一瞬间，《宝莲家的小姐》其中一幕掠过脑海——蓓儿的继母得知干女儿性向反常，背弃了她对她从小到大的关爱与信任，心碎之下，竟一气而死。

然后，他摊牌了。

开门见山，不拖泥带水。

趁他们手中还端着荒谬至极的托盘，托着生日蛋糕与咖啡，捧着可笑至极的生日礼物时，狠狠地给他们一击。

"我是同性恋。好了，现在你们知道了吧。"

每个同性恋都有自己的出柜史。

这就是拉斯穆斯的出柜经验。

火车接近南泰利耶站。

莎拉匆匆打包完毕，将两个行李箱放进小轿车后面的行李厢。她焦虑万分，有股想要放声尖叫的冲动。不过她一看到霍格还在外面，只好勉强压抑下那股冲动。她必须装得若无其事。

哈拉德锁上外门，脸色惨白。

"我们真的需要带这么多东西吗？"他忧虑不已。

"我们要转守为攻，"莎拉冷冷地打断他的话，"所以我给我们带了点吃的，水果、巧克力之类的。路上总会经过休息站吧。"

霍格朝篱笆走来，来到他们旁边，咧嘴笑着，瞧着这对老夫妻斗嘴。

"怎么，又有什么问题啦？莎拉昨天晚上不是还在卡尔斯塔吗？"

霍格毕竟还是他们在镇上最要好的朋友，基于礼貌，哈拉德必须走到篱笆前，和他简短地说几句话。

他强颜欢笑："嘿嘿，是啊，我们现在要跑路啦……"

"我们现在要去斯德哥尔摩，"莎拉从车内喊道，努力使自己的声音保持雀跃，"去找拉斯穆斯！"

霍格佩服不已地点点头："好耶！要去城堡见国王啰！"

他先是大笑出声，随即一本正经起来，用训斥的口吻告诉哈拉德，他会错过今晚的合唱团练习。

"啊，那也……只能这样了。"哈拉德羞赧地承认道。

"啊，对了，我好久没见到拉斯穆斯了，他最近好吗？"

莎拉和哈拉德都僵住了。

"嗯，他好像跟一个男的同居嘛，对不对？"

"对，他叫本杰明……他真是个好孩子！"莎拉喊道。她回答得相当谨慎，不希望整段对话朝着错误的方向发展下去。

哈拉德也想尽办法，防止霍格继续丢出一堆乱七八糟的问题。

"你知道的，"他摇摇头，"要在斯德哥尔摩找到公寓，简直是不可能。"

他边说边哼了一声，故作轻松，像是在开玩笑一样。

霍格继续肆无忌惮地说着："拉斯穆斯在那里也住了好几年了，他不是1982年搬过去的吗？时间过得好快，都快十年了！拉斯穆斯的那个……那个朋友，叫本杰明？是吗？"

"然后你看看，最近的房价，真够离谱的！"哈拉德马上插嘴，避而不谈霍格的问题，"斯德哥尔摩的单间公寓，竟然可以跟这里的别墅一样贵！如果要调降房租的话……"

霍格也发现哈拉德闪烁其词，识趣地转换了个话题。

"奥斯卡港那场空难，真是太恐怖了。"

"就是啊！"哈拉德急切地说，"你想想！那位汉斯·罗森格兰议员，他可是我们维姆兰省在国会的代表，我见过他好几次。这么好的一个人，就这样走了，太令人惋惜了！"

莎拉早已坐上驾驶座，发动引擎。

"要上路啦，哈拉德！"她喊道，"前半段让我开，后半段换你开，今天就可以到斯德哥尔摩了。"

哈拉德对霍格耸耸肩，快步走到车前，开门，坐定。霍格倚在篱笆旁边，目送他们驾车离开。

哈拉德、莎拉与拉斯穆斯一家三口坐在老旧的欧宝车内。莎拉转过身来，对小男孩微笑着。

"拉斯穆斯，小甜心，坐在后面舒服吗？"

车内装满野餐用具。莎拉特地带了一个坐垫，让拉斯穆斯坐起来比较舒服。

哈拉德透过后视镜朝母子俩望了一眼，不以为然地哼了一声。

"不要让他坐在坐垫上，坐得太舒服会晕车的。"

莎拉又转向拉斯穆斯。

"我放了一个罐子，如果你觉得不舒服，想吐，就吐在那里。看到没？"

"坐稳啦，各位！"哈拉德欢呼道，"我们要到海边玩水啰！"

莎拉瞥见霍格，他正在篱笆另一边推着割草机。

"你看，那是霍格叔叔！小宝贝，跟霍格叔叔打招呼啊！"

拉斯穆斯与莎拉从车窗伸出手，对霍格挥手致意。对方停下割草机，对着这快乐的一家人挥手。

这是初夏早晨，天气十分美好怡人，最适合全家出游。

一切属于将来的苦难、不幸、悲恸，现在看来竟是如此遥不可及，无法想象……

当年的汉斯·罗森格兰还没成为代表维姆兰省的国会议员，还不到30岁，离他与其他国会议员搭上预计前往奥斯卡港的死亡班机，尚有数年之遥。眼前的幸福情景，离哈拉德与莎拉接到通知，必须尽快上斯德哥尔摩一趟与垂死的儿子诀别，还有许多年的时间。

车子发动，红色的车牌在耀眼的阳光下闪闪发亮。霍格目送他们离去，摇头晃脑，微笑着，然后继续推着割草机，继续干活。

毕业公演的表演厅位于建筑三楼。早期，这栋建筑是万圣园高级中学的教学大楼，一座偌大的石制阶梯贯穿中央，表演厅就位于大阶梯左边。十年前（1976年），表演艺术学院校区从位于索尔纳的电影城搬迁至此，原先的高中教学大楼就改成影剧课程的上课地点。

　　班特坐着，抹着口红。其实他已经梳妆打扮完毕，但他就是喜欢在表演前坐着，揽镜自照，瞧着自己粉白的脸庞，可以让他在表演前静下心来，放轻松，装得若无其事，让脑筋彻底放空⋯⋯

　　就在当下这一刻，他手中掌握着自己的梦想。

　　他非常清楚，今天可是大日子，生死成败在此一举！

　　不过他尽量避免多想。

　　他平稳规律地呼吸着，他非常清楚自己绝不能带着紧张与不安步上舞台。透过镜子，他凝视自己，用粉扑轻轻抚过脸颊。

　　透过薄薄的墙壁隔间，他清楚地听见观众逐渐抵达会场，坐定，准备看表演。他听到群众的嗡嗡呢喃声和窃窃私语声。这些声音狠狠地刺激着他的胃部。这种刺激和恐慌就像孪生兄弟，密不可分。

他继续保持平稳规律的呼吸节奏，定神瞧着镜中的自己。

要是他无法自我控制，保持冷静，他就玩儿完了，就会像被激流冲走的物体一般。他绝不能失去专注力，不能让自己感到害怕恐惧。

很快就结束了。

然后，他就再也不用害怕了……

每次，班特和同学都得穿过这座石阶梯，才能到达表演厅下层的练习馆，或是最上层的舞蹈教室。舞蹈教室是舞蹈老师梅塞德丝·波约林的地盘，大家都称她"梅姐"。

她的前夫就是与史文博特·陶尔贝①同台演出的交响乐指挥乌夫·波约林。梅姐是班特最喜欢的老师。

班上总共六个男生、六个女生，三年来，大家夜以继日练习，一起训练，下了课一起喝酒狂欢，一起欢笑、流泪，终于一起走到这最后一步。他还觉得自己昨天才被录取，一切仿佛还像永恒一般长，怎么一下子就要毕业公演了？

然而毕业公演才是重头戏，现在，他们要登场了。获选，或被拒绝。被观众称斤论两，仔细打量，注视，比较。

① Sven-Bertil Taube(1934—)，瑞典知名演员与歌手，其父即为被誉为瑞典文艺与音乐界泰斗的艾佛特·陶尔贝。

身旁的同学既是患难同袍，也是舞台上的竞争者。前途与工作，一切就看今朝。

公演前，他们写信邀请全国各地剧院主任、导演、喜欢的演员，还有其他所有想得到的来宾，希望这些人能够大驾光临，观赏他们的表演，然后，给他们一份工作。

此刻，观众已经就座，等候着。有一两个乳臭未干的二年级学生匆匆忙忙跑进来，在座无虚席的观众席上找不到座位，发着牢骚。

许多来宾都大有来头，包括斯德哥尔摩市剧院主任拉许·爱德斯壮，大导演凯夫·赫恩、毕昂·梅兰德，还有苏珊娜·厄斯腾都到了。他们全班都写信邀请苏珊娜，班特更是写了两次——更令他受宠若惊的是，这两次都获得她的亲笔回信，而且回得相当详尽！

好几家剧院的主任为了这场毕业公演，千里迢迢从全国各地抵达斯德哥尔摩，还有国家剧院的主任，不过皇家剧院的主任倒是缺席了，这是很严重的失算。到场的还有广播剧院的两位节目制作人、电视台的剧作家，以及来自全国各大报——《今日新闻》《瑞典日报》《晚报新闻》的影评人。

班特坐着，揽镜自照，仔细审视镜中的自己。

他和班上其他男生共享化妆区，那其实还称不上是化妆区，只是个摆了一堆梳妆镜的房间而已。女生们的化妆区格局相同，这两个房间之间的门敞开着，好让所有人能够自由进出。

房间最深处，是一扇敞开的窗户。

从窗外望去，外面晴空万里，阳光明媚。一个无比美好的夏日，似乎是个好预兆，似乎暗示着无比美好的盛宴即将上演。

他的生命，将在这一瞬间绽放。

英国"高个子莫特"①乐团的名曲《爱丽丝》，就是这样唱的："要从四十二号街走好长一段路，才会到百老汇；还是，再过两个街区就到了，对不对？"

每次开演前，准备登上舞台之际，他总是喜欢轻轻哼着这几句歌词。这几句歌词总是让他感到欣喜不已，跃跃欲试。他从哪里来，又要往何处去？这些都是秘密，只属于他的秘密。

毕业公演的大戏，是契诃夫的喜剧《海鸥》。班特扮演康士坦丁，拥有想要成为大作家的雄心壮志，却活在名演员母亲的阴影下。他在最后一幕中举枪自尽。

整部作品就以"于是，康士坦丁·格理洛维奇举枪自尽了"这句台词画上句号。

班特感觉到体内炽热的心怦怦直跳。

他心想，不，一切不会就这样结束的，绝不。

上星期，班特在接待柜台办理登记手续。看起来一副傻大姐模样的护士小姐友善地要他稍坐一下，轮到他时就会叫他进去。等待的时候，他被要求填写一份关于性行为习惯的问卷。

在等待室内，他对一个长得像伊朗或伊拉克人的男子点点头，不说话。他心想，在这种场所，本来就应该保持静默。

---

① Mott The Hopple，20 世纪 70 年代风靡英国乐坛的摇滚乐团。

"在过去的十二个月里，您曾有过几位性伴侣？"

问题底下就是一堆空格。他愉悦不已地在记忆中搜寻着，计算着，简直想大笑出声，然后在最后一栏打钩："二十个以上。"

好一个荡妇！其实他不应该为此骄傲，但他却自豪不已。

现在，他独自一人坐在梳妆镜前。玛格达莲娜从门的另一边探出头来。

"又是你，班仔！拜托，大家都在等你一个！剩两分钟，我们要冲了！快点来啦！"

就是现在。不能再拖了。就是这样。对，就是这样……

当他在台上扮演某个角色时，他反而觉得更像自己。

雀跃不已。有种安全感。

他继续盯着自己在梳妆镜中的身影，用陷入深思般的声音晃晃悠悠地回了一声。然后闭上眼睛，深呼吸，起身。

"要从四十二号街走好长一段路，才会到百老汇；还是，再过两个街区就到了，对不对？"

他喃喃自语，走上前与其他伙伴们会合。

此刻，他快乐无比。

1984年秋天，瑞典开始施行HTLV-Ⅲ型病毒（后来通称为HIV）检测，但初期这还是一项又贵又复杂的医学技术。寻求医护者均须先接受插针测试，检查免疫系统是否健全；唯有经证实免疫系统已受损，可能已被传染的情况下，才会进行进一步真正的测试。

短短一年后，这项技术获得长足发展，卫生署甚至在同性恋报纸《观察员》上刊登广告："度假前，别忘了检测一下，关心自己的健康！"

《观察员》早已取代当年的《革命》与《男同志档案》，成为瑞典最具代表性与影响力的同性恋报纸。美中不足的是，该报赖以生存的资金几乎清一色来自全国性平会、保险套制造商、同性恋医疗中心、卫生署、艾滋病代表团与"诺亚方舟"^①的广告。

男同志社交圈里，对于是否要接受检测，意见始终摇摆不定。现在明明就没有解药，检测有什么用呢？尤其现在这种社会氛围，动不动就嚷嚷要把患者强制隔离，做检测真是不智之举。

不管怎么说，南区医院同性恋医疗中心提供匿名检测服务，受测者只会领到号码牌，不须留下真实姓名，更不用身份登记。

班特就领着这个白色的无名无姓的号码牌，跟着医疗中心的男护士进入检测室。

"现在要插针了……"男护士将针筒插入班特臂弯处，而后针筒内溢满红色鲜血。

班特看着自己的血，不由自主地打了个冷战。他的血，很红，很美……

所有人围成一圈，手拉着手，高呼一连串加油打气的口号。

---

① Noaks Ark，瑞典全国性艾滋病服务组织，从 20 世纪 80 年代中期就开始推广相关的防治及倡导工作。

"精锐既出，谁与争锋！心想事成，马到成功！一、二、三！加油、加油、加油！"

舞台监督下达最后指示，所有的门都已关上，表演即将开始。

"各就各位。"

所有人仿佛同时颤抖了一下，重新变得严肃起来。箭在弦上，不得不发。

班特对所有人做最后的喊话："大家尽情发挥，好好地玩吧！"

所有人对他投来的紧张一瞥，代替了回答。

剧场光线熄灭，瞬间一片漆黑，伸手不见五指。即将在第一幕登场的演员悄然溜上舞台。

帷幕仍然低垂着，舞台前方就是木制的小剧场，一位男孩与一位女孩站在前方。

饰演麦德维丹科的男演员问着饰演玛莎的女演员："你怎么老是穿着黑衣服？"

女孩答道："我在服丧，我在哀悼自己失落的生命。"

拉许欧克漱着口，身子靠着洗手台，吐出嘴巴里的水，露出痛苦难忍的表情，然后继续漱口。

　　这该死的烂厕所！他会一辈子恨死这间厕所。

　　他上吐下泻，从肛门排出一堆血来，还必须死死扶住厕所的墙壁，才能勉强止住一阵又一阵的抽搐。简直痛到骨子里，让他忍不住失声尖叫。

　　他哀号着，求饶着。只要能够让疼痛停止，他什么罪都招了，什么孽都认了！

　　他每呕吐一次，全身上下就是一阵冷战，外加一连串无谓的祷告，祷告着，祈求这一切现在就结束，把他全身上下的病痛与秽物全吐光、排光……

　　他恨透了厕所那黄浊的墙壁！他们应该重新粉刷，但这无法改变他对厕所的观感，他会一样讨厌新漆上的颜色。还有厕所里那令人作呕的气味，他一闻到就头晕。

　　他恨这间厕所，恨洗手台水槽下缘的瓷砖。现在马桶俨然成为专属于他的"宝座",他蹲坐在马桶上的分分秒秒,举目所见,净是这令人感到恶心的瓷砖。厕所里摆的卫生纸已经是市面上纸质最软的产品了,但他还是每次擦,每次痛,老是无法彻底擦干净。

他的整个屁眼变成一片惨不忍睹的红,伤口撕裂开来,黏膜出血,如火烧般灼痛,就像赛尔波平常帮他洗澡时,从莲蓬头流出的温水一样。

老天爷,他就像个废人一样躺在浴室地板上,受尽屈辱,边哭边剧烈喘息着。赛尔波则像是在帮小宝宝洗澡一般,喷爽身粉,涂药膏,然后擦干……

他恨赛尔波,他的爱人。

他更恨自己。

现在,他站在这该死的厕所里,不断呕吐。然而今天这样,跟其他日子比起来,还算好的了。

不要说今天,甚至这个星期,这个月,状况都还算比较好的了。

最麻烦的是,他不管吃什么东西,嘴角的肿胀都像刀割一般疼痛不已,胃部紧紧纠结成一块,三两下就把他搞得筋疲力尽。

其实,日子还是过得下去。

人,要懂得心存感激,要懂得珍惜被视为理所当然的人事物……

就像今晚,他最爱的芬兰人赛尔波、狂人保罗与小神童班特坐在电视机前的沙发上,大伙吃着薯片和花生,喝着杜松子酒,准备播影集《朝代》[①]的录像带来看。电视台只买了这部美国肥皂剧前三季的

① *Dynasty*,美国 80 年代经典肥皂剧,内容描述两家豪门间的权力斗争与爱恨情仇,其中有几位主要角色是同志身份。

放映权，却没买进最后几集，他们只能想办法搞录影带来看。

根据保罗的说法，这就是"同性恋恐惧症"！一想到这种事情他就气得全身颤抖。

"拜托，该死的，他们买《鹰冠庄园》这种片子都毫不手软！不过就那么一次，难得出现一部好片，这些白痴就无福消受了。"

赛尔波和保罗就为了哪部电视剧好看吵了大半天。然后，保罗等不及想开始看电视，便不耐烦地对拉许欧克大呼小叫。

"喂，你在干什么？"

拉许欧克从门缝探出头来，露出痛苦难忍的表情。

"我在用麻醉药，嘴角痛死了。"

保罗又露出招牌表情，朝天翻了翻白眼。

"老天爷，你嘴角的那块溃疡又怎么了！不要在那里哭丧着脸，整天讲艾滋病的，快点坐下来。《朝代》马上就要开演了，我已经解除遥控器锁定了。"他威吓地举着电视遥控器。

拉许欧克穿着棉质睡裤，晃晃悠悠地走过来，坐在赛尔波与班特中间，把装着局部麻醉药的小瓶子放在桌上。

保罗笑了起来。

"呵呵，你还自己带了家伙来啊。"

"你们知道吗？我看新闻报道，"赛尔波冷不防插嘴，"在旧金山，有几个家伙只吃了一大堆维生素，就康复了。"

"不会吧？"班特好奇地应了一声，拿起桌上的杜松子酒灌了一口。

拉许欧克举起手，仿佛作势要制止他。

赛尔波继续肆无忌惮地高谈阔论。

"真的，其他人吃了保健食品，就都康复了。"

班特推开杯子，擦擦嘴角："这么有趣！"

"那是我的杯子。"拉许欧克低声说。

"这是你的？"班特不由自主地抖了一下，"那我的在哪里？"

他顿时眼泛泪光，激动得全身颤抖起来。

"哎呀，没关系的，没事，没事！"拉许欧克努力安抚他，抓起杯子喝了一口。

"这我知道……"班特结结巴巴地说，努力在脸上挤出微笑。

"安静！"保罗训斥道，"好戏开始了！"

他按下播放键，电视音响传出《朝代》的主题曲。

班特很敏感，马上察觉拉许欧克的心受到了伤害，努力想将情况缓和下来。

"拉许……"

他将自己的手搭在拉许欧克手上，轻轻摇摇他。那触感轻如羽翼。

"没事的，我了解。"

拉许欧克将自己另一只手盖在班特手上，紧紧握住班特的手，这是只有体贴的好朋友才会有的肢体语言；不过，本来再寻常不过的夜晚就这样变调了。

害怕被传染"黑死病"的恐慌情绪，已经在这群好朋友之中蔓延开来。

拉许欧克的手心温暖而多汗，班特现在唯一想做的事，就是赶快把手抽回来，冲进厕所，把手心手背都洗干净。

保罗见状，按下暂停键。

"拜托，老天爷，你们能不能安静下来，怎么这么不懂得尊重别人？这不只是电视剧而已，这可是宗教洗礼！"

班特冷不防站起身来，走到阳台上。

靠在栏杆旁边深呼吸。吸气，呼气。

然后，他开始朝底下的街道吐口水。一吐再吐，直到嘴巴完全干涸为止。

拉许欧克不胜悲凄地看着班特的背影，双手手掌纠结在一起。

他用力绞着自己温暖、多汗、受到感染的手，绞到十指关节都发白了……

"不要再胡闹了！以前是很好玩没错，现在可是会死人的。就像经历一场革命一样。"

这位名叫吉欧·冯·克罗赫的同性恋医师在与《男同志档案》的访谈中，不假辞色，开门见山，一针见血地说道："现在，不要再胡闹了！"

这些年来，肿胀的淋巴结、发炎、小伤口或疲倦感，哪怕只是健康状态上最微小的变化，都足以让他们每个人吓到冷汗直冒。

风声鹤唳，草木皆兵。

有一段时间，拉斯穆斯甚至要求睡觉时，和本杰明各人用各人的毯子。仿佛共享同一条毛毯，就足以导致染上"黑死病"。

同性恋报纸的头条下得真是再贴切不过——《每个娘炮都害怕自己会染上——或已经染上艾滋病》。

班特站在镁光灯之下，扮演男主角康士坦丁。每个观众聚精会神地探头望着他，生怕错过他的一举一动，怕漏掉他台词里的每一个字、每一个音节。大家都知道，全班就数他最有明星架势。班特今天的演出，将足以使每个观众日后可以大刺刺地对其他人炫耀，毫不在乎地说："告诉你，我当年在表演艺术学院看过班特·佛格兰的毕业公演……"

他拿着一朵花，将花瓣一片一片扯下，一边数着："她爱我，她不爱我，她爱我，她不爱我……"

当所有花瓣都掉落，他挥舞着裸露的花茎和雌蕊。

"你看到了吗？我妈一点都不爱我！她只想继续玩乐，继续恋爱，打扮得花枝招展，像蝴蝶一样。可是我已经25岁了，这个事实一直提醒着她，她已经不再年轻了！她把我当作眼中钉啊！"

"哇，太中肯了。"保罗在观众席上自言自语，音量稍微高了点。

旁边的赛尔波狠狠拧了一下保罗的大腿，这才让他闭嘴。

《今日新闻》曾经写道：有一小群残忍又无耻的同性恋者，出于对整个社会怨恨与报复的变态心理，竟然努力散播病原。

拉许欧克认为，这则报道一定是假的。最受欢迎的大记者彼得·布拉特一定在说谎。就是这个家伙整天绞尽脑汁，把男同志如何"交配"的场景写得猥琐又龌龊。

自从确定染病以后，拉许欧克最大的忧虑不在于自己死期将至。他最担心的反而是自己会把HTLV-Ⅲ型病毒传染给其他人。

几乎所有拉许欧克认识、确定是带原者的熟人，都不再做爱了。他们不再喜欢自己的身体，不再有自信，对性生活完全失去兴趣。

那种感觉，就像有个辅导员整天靠在你肩膀后面，每次你想稍微亲近别人，就开始碎碎念："这个不行！那个不行！"

当你必须随时随地注意自己的言谈举止，你会觉得更加难以投入，最后不得不放弃，一切任由他去。

拉许欧克甚至连手淫的兴致都没了。他不忍心看到自己已经被传染的命根子。

他感到无比恐惧，甚至觉得自己非常恶心、龌龊。

他开始讨厌自己的一切体液——精液、唾液、尿液、粪便与血液。在他体内流动，以及他排出来的，全是不洁的秽物。

如果布拉特这头蠢驴问拉许欧克，他最担心的噩梦是什么，他铁定会回答，自己最怕遇上车祸。想想看，一个人躺在车祸现场，浑身是血，还被迫得大声喊叫："别碰我！离我远一点！我被传染了！"

他所能做的就是这样。他得像《圣经》里那些麻风病患一样，一看到有人接近，就歇斯底里地大叫："别碰我！我不干净！"

染病的第一年，他必须服安眠药才能入睡，脑海里种种想法与念头盘根错节，紊乱到无法驱散。白天更糟，他会不由自主地号啕大哭。他必须一直请病假，他根本就不敢去上班。"无耻又残忍的同性恋者，出于对整个社会怨恨与报复的病态心理，竟然努力散布病原。"

此外，拉许欧克的牙医师也拒绝再为他看诊。当他去医院时，医生与护士根本就不敢接近他。医生对他耳提面命，重复同一句话："不要再当同性恋了！赶快回头吧！"

第一次请病假后的隔天，他回到工作岗位，才知道办公室里流传着一份请愿书，所有同事都签了名，坚决反对他再回到单位继续工作。

他试着提出抗议，但终究不得不向舆论屈服，接受调职的安排。

最后，走投无路的拉许欧克带着四十颗安眠药，四十颗镇静剂，还有一大瓶威士忌，把自己锁在寝室里。他亲手拆开安眠药的包装，一颗颗吞下。不过药力显然没有奏效，他几乎马上开始呕吐。

赛尔波回家时，发现拉许欧克又醉又茫然地倒在那儿，满地都是呕吐物。当他一意识到拉许欧克的意图，顿时暴跳如雷！他吼叫着，强迫拉许欧克亲口承诺，绝对，绝对不再这样做了。

《海鸥》一剧正在上演，饰演主角康士坦丁的班特站在舞台上，成为镁光灯的焦点，闪闪发亮。

他人生的崭新篇章，就从现在开始。

"我的青春，仿佛突然被截断，

"我感觉，自己已经活了九十年，垂垂老矣……

"我亲吻你走过的土地，呼唤着你的名字，呼唤……"

他念着康士坦丁的台词，打了个冷战。

"我的青春，仿佛突然被截断……"

他闭上眼睛，深呼吸。吸入，呼出。

永远不会发生这种事的。不能，也不该发生。

"死同志传播艾滋病，该死的凶手！"

他们离开夜总会时，对街醒目的涂鸦实在够刺眼，但他们尽可能视而不见。虽然对涂鸦视而不见，但他们都不约而同地沉默下来，加快脚步离开。

另一栋屋墙上的涂鸦更狠毒。

"艾滋病，去找珍妮①！""同性恋去死！"

毋庸置疑，涂鸦者全心全意希望他们这些同性恋者去死。拉斯穆斯与本杰明继续走着，不过还是松开彼此的手，并且下意识地与彼此保持一步左右的距离。

这些侮辱性字眼深深地影响了他们，使他们成为惊弓之鸟。

两人确实有理由感到害怕，不是吗？

已有机密消息来源透露，斯德哥尔摩市的行政法院院长欧克·隆德柏，行政法院审判长尤汉·安奈尔，以及斯德哥尔摩地区

---

① 1983 年，瑞典 ETC 新闻集团执行长、知名作家与新闻记者尤汉·埃亨贝里（Johan Ehrenberg）公布自己的变性人历史，宣称自己是珍妮·埃亨贝里（Jenny）。然而不久即遭其他八卦报纸爆料，说他并未真正经历性手术，只是男扮女装生活六个月，被批为"作秀"。

防疫主治医生卡尔·佛雷德瑞克·德荣，这些医学界、法学界大佬组成了所谓的艾滋病"铁三角"调查小组，负责找出被传染者的身份与具有同性恋倾向的医生，然而这么做是违法的！

与"铁三角"小组关系良好的警长汉斯·史特伦德接受访问时表示："我们必须对被传染的病患采取更强硬的措施，虽然这样听起来有点像纳粹德国，不过没办法，这是必要之恶。"

《观察员》在1987年12月报道，斯德哥尔摩省议会正规划在梅拉伦湖的贵族岛上，兴建一座"HIV集中营"，把被传染的病患通通关到那里。

这个社会不但无法为染病者提供解药、安抚，甚至最轻微的慰藉，反而只会一天到晚威胁着要进行强迫登记与强制隔离。

不是这样吗？

数十年前，大批同性恋者被送进纳粹的集中营，集体处决。为同性恋权益奔走、奋斗的示威者胸前都别着粉红色三角形标志，就是提醒自己：不要忘记过去，随时都要警惕，别以为历史不会重演！

只要你稍微弯下腰，别人就会把你踩在脚底下。

沉默就意味着死亡。

随着剧情推展，《海鸥》进入结局高潮。男主角康士坦丁再次遇见爱人妮娜。为了一圆星梦，她曾将他抛弃，选择了世故且社会地位显赫的剧作家提哥林。

最后，妮娜还是孤家寡人，凄苦不已。提哥林这只老狐狸先彻底利用她的美色，然后将她一脚踢开。她的星梦始终没有实现。

康士坦丁对她依旧一往情深。

"……我眼神所及之处，都是你的面容，如此纯洁，如此真切。

"清丽的笑颜，唤回我生命中最美好的岁月……"

班特对着饰演妮娜的玛格达莲娜送上秋波。除了保罗跟那票同志之外，她是他最好的朋友。两人在入学考试时就彼此对上了，之后，两人形影不离，互相激励，互相挑战。

她总是扮演各剧的女主角，朱丽叶、《哈姆雷特》的奥菲利亚，甚至麦克白夫人。

现在，她是他的妮娜。

身心俱疲的她问道："你为什么这样说？为什么？"

康士坦丁毫不迟疑地回答：

"我在世间孑然一身，没有人真正爱我，

"我仿佛身处阴暗不见底的洞穴，凄凉、冰冷，

"不管我写些什么，回答我的只有空洞、死寂、晦暗。

"妮娜，我求你，留下来，陪伴我吧！我愿与你同行……"

妮娜连忙戴上小帽，围上廉价女用围巾，很明显，她准备要走了。

康士坦丁坠入绝望的深渊："妮娜，你想做什么？看在上帝的分上，妮娜……"

他不愿被抛弃，不愿再继续孤苦伶仃下去……

"好啦！"那位总是面露喜色的男护士摘下防护手套，搔了

搔金黄色的胡须。班特不懂，这家伙在这种跟太平间一样的部门工作，怎么还笑得出来？

男护士边笑边解释："我每次一脱掉手套，都得搔一搔胡子。不管怎样，手套都是好东西，尤其是用手指插人家屁眼的时候，更要戴手套，才不会沾到脏东西。喏，你拿一些回去吧！"

他把装着一堆免洗手套的箱子递给班特。班特很有礼貌地拿了几只手套。

也许，这位男护士只是想搞笑一下，化解凝重的气氛。班特心想，以后在剧场从事演出工作，也应该记住这一点：即使工作繁重，甚至快要虚脱了，都应该保持轻松愉快的心情。

"是啊，你看，现代人想做个爱，都得戴上一大堆塑料做的东西，"男护士继续鬼扯，简直乐在其中，"即使只是想肛交一下，都得戴套子。现在女同志想做爱，还要在手指上套上指套，才不会受伤。我还真不懂，女同志总不是高危险群吧，何必这样呢？到时候所有人全挂了，全世界就只剩下女同志和蟑螂了！哈哈！"

班特微笑一下。在同性恋医疗中心工作的多半是娘炮男护士和愿意与男同志往来的女性。这个爱搞笑、顶着稀薄金发与胡须的男护士看起来只会瞎搅和，其实处理起各种针头、带血的试管和其他器械还是非常熟练老到，令人放心的。真是不幸中的大幸。

"一个星期以内，我们就会知道结果了！"男护士这样说，听起来好像这是多么刺激的事，"你要亲自过来，还是希望他们把结果寄到你家里？"

"不，不，我自己过来。"班特连忙说。

男护士整张脸竟为之一亮："太好了！那我们到时见啰！"

班特离开南区医院，骑自行车行经通往圆环路下坡时，手刹车不知怎的，竟然失灵了。他没法及时在红灯前刹车，自行车疯狂、无助地冲过人行横道，直接向路上刚等到绿灯、朝他正面驶来的车阵撞去！

有那么一瞬间，他以为自己死定了！但是，他奇迹般地滑过第一车道，第二车道上的大卡车紧急刹车，停在他的身旁。

肾上腺素在他体内飙升。大卡车司机摇下车窗，对他破口大骂，声音震耳欲聋。

但是这都不重要。他毫发无伤。

这是某种征兆，他会活下去的。或者说，他命不该绝……

1982年，圣诞节当天早晨。拉斯穆斯与本杰明紧紧依偎着彼此，躺在克莉丝汀娜阿姨公寓的房间里，棉被早被踢到脚边，床边地板上堆了许多衣服。晨曦从窗户照进屋子。

　　他们睡在一块儿。不仅如此，他们还两情相悦。

　　换句话说，他们通了奸，犯了法。

　　除此之外，本杰明原本熟悉的世界陷入一片天旋地转，濒临崩解。

　　一切土崩瓦解，灰飞烟灭。

　　两人接吻，对方暖热的手摸进他的衬衫，亲昵地吻着他的喉咙、颈项、胸膛，慧黠地为他宽衣解带。他就这样任对方上下其手，不加阻拦。

　　所有律法与信仰都无法继续保护他了。那双暖热的手，柔软的双唇……

　　无论父母如何怜爱地试图摇醒他，神学学校夜以继日地苦读，所有的杂志、小册子与传单，所有由布鲁克林全球总部授权发行，再经瑞典中部阿尔博加市总部特地翻译，而后发行到全国各地教会的戒律书与谴责书，都无法保护他了。

没有任何救赎。而他也不想获得救赎。

"我是一头自愿受屠宰的公牛。"

《圣经》里是这样写的。当他躺在对方身旁时，也是这样想的。只不过，他面对屠宰已经无所畏惧。

他反而乐于牺牲自己，让旧的自己死去，彻底变成一个新人。

现在怎么办？难不成要起床，回家问老爸，这样做适不适当？

还是要继续祷告，把所有烦忧全丢给耶和华，继续相信他真的在乎？

这就是《青年问答集》中关于不正常性行为章节里所提供的建议。他读过不下数千遍，当作箴言重复背诵，像是一面盾牌，协助他抵抗所有来自外界的诱惑。

"这将能保护你的心智，赐予你'超乎寻常的力量'，使你免于受到不当欲念的驱使，做出不智之举。"

书上是这样写的没错，但作者错了，而且大错特错。

这对他没起到一点保护作用。

他唯一理解并体验过"超乎寻常的力量"，是使他敢于越轨的力量。

敢于在圣诞夜跑到保罗家作客，敢于面对跟他一样受到外界诱惑驱使的人们。

更重要的是，这种力量让他敢于将自己的手伸进拉斯穆斯掌心，任由这个与他同样迷失的男子引导他前行，穿过这座杳无人迹的城市，来到从未见过的新天地。

大雪纷飞，柔软、友善地覆盖住一切……

他应该感到绝望，不知所措。但他并未感到任何忧惧，或是羞辱。

他心中反而感受到无上的喜悦，无比的沉静。

拉斯穆斯还在呼呼大睡，本杰明早已起床，仿佛在赶时间，仿佛不早点起床就没有存在感，就不像是在过生活。

他蹑手蹑脚走到窗前，拉开窗帘一看，才发现大雪已经下了一整夜，放眼望去，整座城市一片银白。这对他而言是一种暗示。

从这几个小时以来，他已然脱离旧生命，获得新生，在这座偌大、杂乱无章，对他而言完全陌生的公寓内四处游荡着。

通常，当他外出执行任务时，并不会费心观察自己进入的公寓到底长什么样。他是出来执行任务的，不是来看房子的。但现在，他用一种全新的方式在公寓内四处游荡，打量着。

他瞧着挂在墙上的图画，瞧着书架上每一本书的书名，翻了翻散落在电视机前茶几上的杂志与报纸，试坐一下沙发与扶手椅，不时地又溜回窗前，想再次确定整座城市真的跟昨天截然不同了。

然后，拉斯穆斯醒了。他高声呼唤他，他要他。而他再一次向他屈服。

完事之后，拉斯穆斯躺着，头枕在本杰明的臂弯内。被单汗味淋漓，凌乱地散落在两人脚边。

"好，现在试试看！"拉斯穆斯说道，"来，说声'干'！"

本杰明哈哈大笑："我才不这样做呢！"

"说'狗娘养的，狗屎蛋，干你娘！'你明明就很想讲！给我说出来！"

"抱歉，我这次要让你失望了。"

本杰明从床上起身，套上上衣与短裤。

"如果你想喝茶，我就去烧开水。我这个人就是这样，就是不骂脏话。我就是不骂。"

他在厨房里找到水壶，从橱柜里翻出茶包。拉斯穆斯身上裹着一条毛毯，也跟进厨房，坐在餐桌前点着一根烟。

"要不然，你可以骂些什么？'该死的'总可以吧？"

本杰明在水壶里加水，打开电炉。他似乎从未真正想过这个问题。

"嗯……我是不会骂'狗屎蛋'的。没必要嘛。我也绝对不会像保罗那样，整天喊'老天爷'，这是在滥用上帝的名字。"

本杰明打开冰箱跟厨房的柜子，准备早餐。拉斯穆斯从面包盒里翻出一条圣诞节常吃的麦芽面包。

"不好意思，我还有一个比较私人的问题。你要是不愿意，可以不要回答。你平常会不会手淫？"

本杰明似乎没听见，他正聚精会神找着茶杯，终于让他找到一对干净的杯子。他眼睛一亮，取出这两个杯子，倒满滚烫的开水。

"是，我还是会手淫，事后再向上帝忏悔。"

他不禁脸红起来，但看起来相当快乐。

身为耶和华见证人，他早已习惯被别人问到自己能做什么、不能做什么，解释自己和一般世俗的人有什么不同。这个被拉斯穆斯视为个人机密的问题，在他看来反而稀松平常。

"不过手淫并不是通奸，所以其实不算罪孽。我的意思是，我不会因为手淫就被赶出神国的大门，不过我们还是得努力防范这种行为，它会使你失去专注力，彻底分散你对上帝的意志。"

"总之，你对这一点都不担心啰？"

"不会，但是我事后都会向上帝忏悔，我是说真的……"

他沉默了一下，若有所思，然后眼神一亮。"不过，有一次我告诉上帝，我真的很懊悔，我请求他的原谅，可是我以后恐怕还会继续手淫。"

两人哈哈大笑。

"真的，我以后还是继续手淫啊！"本杰明满不在乎地说着。

本杰明有一种习惯，每次都会先沉默一下，若有所思，然后眼神一亮，好似终于找到答案，侃侃而谈。这让拉斯穆斯感到如痴如醉。

本杰明陷入沉思的样子是那样真挚，找到答案时的眼神完全是发自内心的喜乐。

他们小口地啜饮着热茶。

"那这件事，你怎么说？"拉斯穆斯突然正经八百严肃起来，"我们之间的事，你怎么说？"

本杰明望向窗外，看起来再次陷入思绪，仿佛真的在找寻答案。然后，他的眼神再一次闪亮起来。

"来，我必须带你瞧瞧我刚看到的。"

本杰明连拖带拉，将拉斯穆斯带到客厅窗前。

"你看！雪下得好大！"他雀跃不已，"整个城市变成白色的了！"

本杰明坐在餐桌前，看着其中一本耶和华见证人手册中的插图。家里总是摆放着这些手册，可随时取阅。

他对这些插图总有难以名状的好感，看着崩塌、倾圮的城市，那些疯狂想逃离耶和华的惩罚——大地震、大洪水、火山爆发——却徒劳无功的人。不过他也喜欢那些美好的景象，天堂又重回伊甸园时的和谐情景，人类不分种族，与百兽自由自在地徜徉在天堂里，一片祥和宁静。

摊开在他面前的图画中，描绘了一个家庭，爸妈和小孩背着高山，坐在湖边；远处，一头雄狮平静地躺卧着，旁边则是一头低头吃草的小羊羔。

母亲从他背后望过来。

"你看，本杰明，这一切很快就会成真的。"她不胜怜爱地轻抚着他的头发。

他当年才10岁，却已是十足的小大人。他抬起头，严厉地看着母亲，纠正她："对我们这些活在真理中的人来说，是这样没错！"

母亲不禁莞尔一笑，对小男孩的聪颖、善解人意与坚决，感到非常骄傲。

"那当然！"她赞许道，"但我们还是要继续努力！"

本杰明站在拉斯穆斯家门口，身上还穿着昨天的西装，准备告辞。拉斯穆斯身上只有夹克跟内裤。

"好吧，我得走了。"本杰明慢吞吞地说。

其实，他多么想一直窝在拉斯穆斯身边，但今晚家里还有《圣经》研讨会，他铁定会被质问昨晚到哪儿鬼混去了。他可不想顺便解释，为什么今晚他还敢缺席例行性的《圣经》研讨会。

"再见！"拉斯穆斯刻意漫不经心地说着。

就算本杰明之前还没真正爱上拉斯穆斯，听见这句话，他已完全无法自持，正式成为对方爱情的俘虏。拉斯穆斯试着隐藏维姆兰腔，用标准斯德哥尔摩口音跟他说"再见"。多么可爱啊！

但现在，本杰明不知道这段感情要怎么发展下去。

对方会怎么看待他？随机打炮、泄欲的对象？深夜寂寞难耐时的伴侣？他也没大家想象中的那么迟钝，至少知道这种关系叫"一夜情"。

不，不会变成这样的。拉斯穆斯必须明白，他们两人将会厮守一辈子。

"呃……"他犹豫着到底该怎么说，"很高兴……"

不，这样说太傲慢了，他应该试试轻松一点的说法。

"我们保持联系吧？你有我的电话号码吗？"

拉斯穆斯听见这句话时，表情看起来轻松许多。

"没有，可是我们现在可以交换号码。你等一下。"他闪身跑进房间找纸笔。再次出来时，他拿着笔，已准备好在手掌上写字。

"你的电话是多少？"他的急切之情溢于言表，浓浓的维姆兰口音又出现了。

他抬头一望，发现本杰明正注视着自己，有点羞赧地一笑。

"怎么啦？你在看什么？"

现在轮到本杰明害羞了。

"没有，只是……这是上帝的旨意。"

"什么？"

"在手上写下我们的名字。'看哪！我已把你刻在我的手掌上。'《圣经》里关于上帝的忠贞，就是这样写的。"

"抱歉，我完全听不懂。"

本杰明笑了。

"没关系。530244。"

拉斯穆斯写下号码，然后合上掌心，握住本杰明的名字。

拉斯穆斯就在这一刻，坠入情网。他合上掌心，握住对方姓名和电话号码的同时，仿佛做出了某种承诺，某种拥抱对方、保护对方的承诺。

"我们再联络吧。吻我一下……"

拉斯穆斯朝楼梯间投去一瞥，确定没人从里面出来，然后匆匆吻了本杰明的嘴唇一下，绽放出一朵灿烂的微笑。

他就在这里，在克莉丝汀娜阿姨家里亲吻了一个陌生男孩，仿佛是非常自然、天经地义的事。

本杰明转身离去。拉斯穆斯呆呆地站在敞开的门口许久，凝视着他渐去渐远的身影。他费心思量许久，到底要隔多久打电话给对方，才不会显得太急切。

他生命中等待的那个人，那个总是投来匆匆一瞥，却从未真正停留的人。拉斯穆斯总觉得，自己曾在城里见过这样一个人，转过身，试图捕捉他的目光……

然而那人从未真正转身注视过拉斯穆斯。他总是抽身离去，让拉斯穆斯一直单相思……

直到现在。

从现在起，一切将会迥然不同。本杰明健美的身体，有点怪异的西装，他是那样惹人喜爱，就像小孩一样单纯，全无一丝不自然的算计感。

这些年来，他朝思暮想、千呼万唤的人儿终于出现在他面前，而且还是位耶和华见证人呢！

他忍不住笑出声来。

两小时吧，他想，就等两小时，然后打电话给对方。对方那时一定到家了吧。

拉斯穆斯走进屋，关上外门，将门反锁，然后摇了摇头。

喏，瞧瞧他现在这副德行！

要是拉斯穆斯打电话到家里，不是他本人接电话，铁定会在平静的家里造成轩然大波，父亲铁定不会放过他的。当本杰明想到这一点时，已经来不及了。有那么一瞬间，他陷入天人交战，考虑是否要回到拉斯穆斯家门前，拜托他先不要电话来。但想到与对方认识、相处的情景，便又改变心意。一切顺其自然吧！

"我希望在我的生命里，能爱上一个爱我的人。"

好一句惊天动地的爱情宣言。

他的肌肤还残留着对方的体味，脸颊上还黏附着对方的胡楂，嘴唇湿润而肿胀。他第一次感觉到自己真正被爱。加上昨晚的香槟酒与睡眠不足，本杰明只觉得一阵头重脚轻，昏昏然。

这一切真是不可思议。是的，他正在坠落。

要怎样才能掩饰这一切，不被别人发现呢？

在全世界其他角落，今天就是圣诞节。在他家里，今天不过就是稀松平常的一天。

但对他来说，这一天意义重大：这是他重生后的第一天。

昨晚是第一晚，此刻则是第一天的开始。

他在几小时前起床，赤脚踏上冰冷的拼花地板。公寓位于市中心瓦萨区某处，他之前从未来过这一区。

被单下躺着那位昨晚在保罗家相遇的男子。昨晚可是他毕生第一次庆祝圣诞夜。

本杰明拉开窗帘，向窗外望去。一整晚，雪下得更大、更多。整座城市焕然一新，与获得新生的他相映生辉。

是的，他获得了新生！

他望着一片银白的城市，深知自己正处于某个重大的开端，一切就从现在开始。看似憧憬无限，却又充满宿命，令人不寒而栗。他全身上下充满着敬畏感，他已经充分体会到爱人与被爱的真谛，但也了解遭到背叛是什么感觉。

在某些夜里，我们的生命历经转折；晨曦初探，进入新的一天，我们一觉醒来，才发现自己获得新生。

崭新的世界，万物映照着主的荣光。

既神秘，又充满无限可能。

从现在起，朝任何一处踏出的任何一小步，都是全新的体验，全新的一小步。新生已然降临。

这个让全城一片银白的圣诞夜，象征他人生的新转折已趋圆满。

就在这一晚，本杰明身上堆积的犹疑不决如雪片般掉落，像盖在他身上厚重的大衣，砰的一声掉在地上。

拉斯穆斯对城里还不熟，离开保罗位于圣保罗街的公寓时，全然不知自己身处何处，也不知该往哪儿走。

一想到这，本杰明不禁莞尔。

其实根本没区别。现在，他们两情相悦，想去哪儿就去哪儿，哪怕天涯海角也在所不惜……

两人现在都是自由之身了。本杰明才刚经历生命中最重大的转折，现在，朝任何一处踏出的任何一小步，都是全新的一小步，迈向全新的方向。

新飘落的闪亮雪片，继续覆盖在城市之上。

本杰明走进家门，一如往常地喊道："我回来了！"

他轻轻颤抖着，感到晕眩，仿佛是刚被打过一顿。他感到既忧虑，又喜悦。

挂上夹克，脱下鞋子，整齐地摆在其他鞋子旁边。他在门外就把鞋底的雪刷掉了。

本杰明喜爱整齐清洁，就像父亲一样。

母亲跑到门口迎接他，吻吻他的脸颊。

"小宝贝！老天，你到底跑哪儿去了？你整晚都没回家！"

"抱歉，妈……我睡在朋友家里，昨天实在太晚，不方便打电话给你们。"

"是我们教会的弟兄吗？是我们认识的朋友吗？"

就是现在。他必须做出抉择，而他选择了谎言。

"啊，你们还不知道是谁吗？"他试探着，出于心虚，声音很微弱。令他讶异的是，妈妈竟然没有追问下去。

她又走回厨房。"你吃过东西没？我做了一些辣酱汤，我们等爸爸回来就开动。到时你可以告诉我们，你昨天借宿的那位朋友是谁。"

本杰明跟着母亲走进厨房，坐在餐桌旁边。

"爸爸在哪儿？"

"他在王国厅跟其他长辈们开会，现在应该开完了，随时会到家。我们到时候可以谈谈。"

她犹豫一下，然后转身。她不确定自己应该说这些话，还是继续保持沉默。

"爸爸最近很担心你。"

本杰明低下头去，感觉到太阳穴咚咚作响，连自己都闻得到嘴角的酒味。他现在真该马上把牙刷干净。

母亲仔细打量着他。

"究竟发生了什么事？你的脸怎么这么惨白？"

"没……没事，没事。"

本杰明努力使自己看起来正常。他不想说谎，不过，他很快就必须再说谎——为了圆一个谎，他必须说十个谎，就这样恶性循环下去。他只能用这种方法保护自己。

"抱歉，孩子，可是我觉得，我真的必须提醒你，"妈妈显得非常担忧，"我必须让你知道。爸爸也觉得你最近……怎么说，在信仰与意志上有点……软弱。"

她用手轻抚着他的头发，抚摸着他今早被拉斯穆斯的胡子刺痛的脸颊。

只要她再靠近一点，就可以从儿子皮肤上闻到另一个男人的体味。

"小宝贝，"她的声音很轻、很柔，就像在对着小宝宝说话，"外面有太多太多诱惑。"

她偏了一下头，理理他的鬓角。

本杰明不敢正视自己的母亲。有那么一瞬间，他望向大门，心想自己真应该拔腿就跑，夺门而出。

其实这一切再简单不过了。

我被爱了。我必须重新探索我是谁。

母亲长叹一声，以极为忧虑的口吻说道："人，很容易迷失的！"

本杰明摇了摇头，甩开母亲怜爱的手。

"我知道……"他急忙说道，"可是，没事，真的没事。"

一辆车子驶过瑞典西南部哈兰省的地平线。现在，他们已经驶离主要干道，蜿蜒曲折地开在砾石路与沙丘上，准备下到海边。哈拉德将车子停妥，夫妻两人打开车门，拉斯穆斯迫不及待地直接冲出车外。

　　"拉斯穆斯，快看！是大海！"哈拉德开心地大叫。

　　是的，蔚蓝的海，一望无际，呈现在他们眼前。强劲的海风扑面而来，几只海鸥鸣叫着。

　　拉斯穆斯转过头来，朝父母大声喊道："我不想穿鞋子！可以吗？"

　　莎拉微笑着。

　　"当然！你不用穿鞋子！"

　　拉斯穆斯一屁股坐在沙滩上，把鞋子剥掉，然后继续朝海边跑去，跑，跑，跑，一直跑。

　　哈拉德与莎拉坐在各自的沙滩椅上，拉斯穆斯则在水边玩耍。阳光仍旧灿烂而耀眼，海面波光粼粼。哈拉德戴着太阳眼镜，莎拉从真空保温杯里倒了一杯咖啡给自己和丈夫，切下一块肉桂面包卷递给哈拉德。他们边喝咖啡，边看着儿子玩水。

莎拉突然想到，她最好帮拉斯穆斯准备点什么吃的，这样他在回家的路上才不会饿坏了。

她高举手臂招呼他，顺着风势喊道："拉斯穆斯，过来喝点果汁，吃点面包吧！"

拉斯穆斯完全没听到母亲在喊他的名字，继续在水边玩耍；他先冲到海边，涨潮时再匆忙后撤，游走在波浪泡沫边缘处，不被浪碰到。

哈拉德见状，把手搭在莎拉手臂上，劝阻她："算了吧！你就先让他玩吧！"

莎拉放下手臂，喝着手中的咖啡，拨开一缕被风吹落至脸颊的发丝，让肉桂面包卷的砂糖在嘴里回甘。

两人的独生子——拉斯穆斯，正在海边玩耍。银白的海浪一波波竞逐着沙滩。

哈拉德用他的男中音，朗诵女诗人卡琳·博耶那首关于永恒的诗篇。

"曾经，我俩的夏日时光无尽绵长……"

阳光透过海面反射，波光粼粼，莎拉不得不眯起眼睛。这是真正属于奇异恩典的时刻，感恩之情，无边无际，无以言喻。

"我们在璀璨阳光下徜徉，一切无边无际……"

听着哈拉德优美的嗓音，看着在海滩上欢乐戏水的儿子。

海天一色，熏风扑面而来。

这就是永恒。

脚步声迅疾而仓促，急诊室沉重的大门砰一声关上。莎拉匆匆走过医院的长廊，哈拉德紧跟其后。一位护士上前接待他们。

"谢谢你们抽空赶来。我们先进去跟拉斯穆斯打声招呼，然后好好谈谈。我去请医生过来。"

他们跟着护士小姐一起走进拉斯穆斯的房间。哈拉德一见到儿子，整个人顿时僵住，停在房门口，一动也不动。莎拉一个箭步冲到拉斯穆斯床前，握住他的手，轻吻他的脸颊、额头，轻抚他汗流不止的发丝。她轻轻呼唤着她的亲骨肉：拉斯穆斯，小甜心，小宝贝……她问候了本杰明一声，关注的眼神却紧盯着拉斯穆斯。

"他已经看不见了。"本杰明提醒她。

"小宝贝，我知道你看不见了，你总听得见吧……"莎拉温柔地说着，不住地轻轻拍打着爱子的脸颊。

"我们一听到消息，就尽快赶来了，"哈拉德插嘴道，"路上视线真的很差，所以没办法……"

他一见到莎拉如此爱抚、亲吻病重的拉斯穆斯，情感立刻溃堤，再也忍不住了。

他完全是出于好意，绝无任何恶意。他不是刻意要求莎拉保持距离，只是提醒她多注意而已。

他的声音很小，但充满惊吓与恐惧。

"莎拉……你瞧他汗流成那样！"

她转过身来，对他怒斥。

"不要对着我讲！你要跟他讲话！"

"可是……他……拉斯穆斯……明明就一……一直在……流汗……"

"这是医疗界最重要的规则。"莎拉一边说，一边再次转向拉斯穆斯，声音再次变得无比轻柔体贴，"因为你能听到我们说话，对不对，小拉斯穆斯？我们都在这里，爸爸，妈妈，还有本杰明。我们跟你在一起。你千万不要怕，不用担心，不要怕……"

她一边轻声重复着"不要怕"，一边将他的手握紧，轻轻地摇着，摇着。

不用怕。没事，不用怕。真的没事，一切都会好转的！

小宝贝，我的小宝贝……

夕阳开始西斜，即将沉没至海平面之下。这是瑞典西海岸最著名的景致。斜阳就像一盏强大的探照灯，用浓烈的色彩、深沉的轮廓勾勒出一切景物。

拉斯穆斯跑向莎拉与哈拉德，他们还坐在沙滩椅上纳着凉。

"我割到手了！"他抱怨道。

手指上渗出一滴血。

莎拉将嘴唇贴近他的手指，半吻半吸吮。

"那只是血而已，宝贝，"她柔声安抚他，"血并不危险，不要怕……"

她转向哈拉德："我们该回家了。现在已经傍晚了。"

哈拉德显然还不想马上离开。"可是，现在景色很美。我觉得，我们应该留下来看看夕阳。"

拉斯穆斯坐在爸爸的膝上。海风渐渐平静下来，海浪仿佛也玩累了，渐渐停息。夕阳继续缓缓西沉。全家人坐着，静静地看着余晖、斜阳、海景。

他们守着，守护着濒死的拉斯穆斯。

他们唯一的共同点，就是都深爱着拉斯穆斯。他们多么不希望他走，可是，他就要死了。

本杰明紧握住爱人的手。莎拉用湿润的棉花棒轻轻涂抹爱子的嘴唇。哈拉德绝望、焦急地和刚进病房的医生说话，试着和他讲理，仿佛努力想让他改变病历本上的诊断，并且说些轻松、能够激励人心的话。

"可是，医生，我真的不懂，你们之前不是还说这种病状况很多变，起伏不定，很难预测吗？你们不是说，状况会有好有坏，病人不会马上死掉，还可以活好几年吗？"

他连珠炮般地朝医生丢出一个又一个问题，希望得到那么一丁点好消息。

医生无可奈何地一笑，眼神温和而善良。

"我们只能一直给他注射抗生素，这几乎是我们唯一能做的事。生还的机会，老实说，很小。我会建议使用人工呼吸机……"

"人工呼吸机？"哈拉德忍不住打断医生的话，他搞不懂他在说些什么。

"可是，拉斯穆斯以前就患过这种肺炎，他也康复过啊。"

他瞧瞧本杰明，像是在征求他的同意。

"他甚至还得过两次肺炎，不是吗？"

"第二次就用过人工呼吸机了，"本杰明平静地说，"拉斯穆斯之前跟我讨论过，他不想一直像这样躺在床上。"

"哦，这样啊……这不就是说……"

哈拉德又惊又怒，无法把整句话讲完。

本杰明点点头。医生跟着点点头。

玩儿完了。

哈拉德马上意识到这一切代表什么意思。就是现在，他将要再次失去亲爱的儿子。再一次。

"该死！"他绝望不已，口中疯狂地念着，"该死，该死，该死，该死，该死，该死，该死，真是该死！"

"你们还有什么问题吗？"医生问道，"否则，我得……如果你们需要任何协助，护士小姐随传随到。"

"还有什么是我们可以为他做的？"莎拉非常仔细地审视着床头小桌上的设备、湿纸巾还有棉花棒，"就用这些湿棉花棒把黏液擦干净？"

"是的，这是喷雾器，然后这个是食盐水。他的黏膜已经干了，你可以……"

"我知道，我知道！"莎拉不耐烦地打断他的话，"医生，你知道的，我是老护士了，我知道怎么做的。"

不知怎的，她竟忍不住想炫耀。她想让医生知道，想让别人知道，她是"老鸟"，她比大家都更知道该怎么做。

她柔情无限地轻抚着拉斯穆斯的额头。

"小拉斯穆斯，"她的声音比之前更轻、更柔，"现在，妈会在这里陪你。不要怕，一切都会好转的……"

他们一直围在垂死者的病床边。窗外烂漫的春光缓缓跨越午后，在傍晚时分，继续捎来无限璀璨。

在璀璨的春天傍晚，本杰明和拉斯穆斯总会并肩骑着车，杀到长岛区的浴场，痛快地泡在水里，又笑又闹。然后，他们坐在水边石头上，静静瞧着另一边的夕阳缓缓隐入艾辛根高架桥与伊莱克斯家电工厂后方。

"大海真是奇妙。"拉斯穆斯总是梦呓般呢喃着。本杰明早已懒得纠正他：他们现在在斯德哥尔摩市中心，在梅拉伦湖旁边，充其量只是个内陆湖，不是海！

"大海真是奇妙。"全家人坐在沙滩椅上，海风拂来，后方缓缓西沉的斜阳用余晖将沙滩染成遍地金黄。莎拉凝视着斯卡格拉克海峡，轻轻眯上眼睛，一声叹息。

就在这样的一个傍晚，拉斯穆斯永远离开了他们。

就是这样的一个傍晚，大海还是如此奇妙之际，他离开了他们，不再回来。

　　他们没特别多说什么，反正也没什么好说的。他们尽可能体谅彼此，体贴病人，小心翼翼。本杰明握住拉斯穆斯的手，决不离开他的身旁。莎拉用干净的湿纸巾轻轻擦拭拉斯穆斯的双唇，用手背触碰着他的前额，用低而轻柔的声音，哼唱着所有摇篮曲和儿歌：《平静的一天》《美好世界》《振翅高飞》，还有《噢，耶稣，请与我同在》。

　　最后，连哈拉德都鼓起勇气凑到床边。

　　他还是不敢看自己的儿子，他选择躲在本杰明的背后，强迫自己看。

　　看看拉斯穆斯。

　　现在的他竟如此消瘦，简直只剩下一丁点了。

　　他正值青年，却不幸被病痛折磨，哈拉德几乎认不出他是谁。

　　然而于此弥留之际，哈拉德心悸不已地发现，这个人长得好像自己至亲至爱的儿子……

　　哈拉德再看看本杰明。儿子的男朋友已经陷入绝望深渊，筋疲力尽，几乎就要彻底崩溃。

　　突然，他心中跳出一些想法，好像有些事情本应该是理所当然的，但他直到现在才意识到这一点。

　　他将厚实宽大的手掌搭在本杰明肩膀上。

　　"我不知道该怎么说，"他清了清喉咙，"我不太习惯这种场合……"

　　他做了决定。

　　"……如果你想的话，可以握住我的手，没关系的。"

　　哈拉德搭住本杰明的手，缓缓握紧，像是在安慰他。

　　虽然如此，他还是觉得有点羞赧。这真的很不寻常，甚至有点怪。

　　他感慨良多，却欲言又止。

　　他多么想安慰一下本杰明，对他说句好话。他相信对方最后一定会理解这一点的。

　　他看看本杰明的手，然后说出这句话，这是他唯一想到的话。

　　"你的手好小，好像女孩子的手……"

人生充满一连串抉择，很难两全其美；鱼与熊掌，不可兼得。

你不能选择活在世界上，然后告诉别人，你不属于这个俗滥的世界。这是绝对行不通的。

是的，他太了解这一点了：人必须做出抉择。

《圣经》上所载明的，必须一丝不苟地遵守，不得有丝毫马虎。婚前性行为、不贞、同性恋性行为，所有这类行为都必须被唾弃，必须被严厉谴责。没有比这更严苛、更奇怪的了。

他对谴责这些行为的《圣经》篇章更是了如指掌。他念过这些篇章不下千万遍，一遍又一遍，背得滚瓜烂熟。这些篇章对他而言比箴言还要重要。

本杰明必须做出抉择。

他知道，自己的选择会造成什么结果。

他希望能够在自己短暂的生命里，爱上自己所爱的人。

现在，这个梦想已经成真。

半年前，他与拉斯穆斯成为恋人。只要本杰明有空，他们一定见面。

本杰明愿意与拉斯穆斯分享自己的生命，但有一个前提。

到目前为止，家庭与教会就是他生命的全部。他只有一条命，又该怎么将生命一分为二？

他只有做出抉择，非此即彼。

他感觉自己被活活撕裂。

他怎能将自己的家庭、成长、教会与信仰弃如敝屣？

在他还没学会走路以前，他就开始与父母一起执行任务了。爸妈推着婴儿车，非常有耐心，富有热忱地与他走过一个又一个街区，踏上一级又一级阶梯，敲开一扇又一扇大门，只为传播耶和华的福音。

成为耶和华的仆人，在世人面前见证耶和华。还有什么比这更重要、更急迫的？

本杰明总是自动自发地阅读父亲给他的所有书籍，勤奋地研读《瞭望台》以及其他手册、传单。妹妹玛格丽特完全无法与他相提并论。

虽然这不完全是他的初衷，但他在教会里的地位像蹿起的新星一般，大家信赖他，并对他寄予厚望。

这其实没什么好吹嘘的，不过暗地里，他还是很享受自己获得的推崇与期望。或许这就是推动他继续努力传教、执行任务的最大动力。

没有人比他——本杰明·尼尔森更认真，更努力，更厉害！

他倒没有以上帝的选民自居，更不觉得自己会是与耶稣基督共同领导新天国的14.4万位向导之一。他要是真的这样想，就实在太自负了！

虽然不能有这种念头，他还是免不了会幻想一下这种情景：大约10岁时，他就曾有过这种梦想。一想到这，他就情不自禁地脸红。

假如耶和华排除万难，亲自指定他成为自己精挑细选的子民，他一定会察觉到这一点。只有耶和华本人有资格这样宣称。

与其他世俗化的基督教会不同，耶和华见证人一年只能庆祝一次圣餐礼。此外，见证人也不说"圣餐礼"，而称之为"耶稣受难纪念"。举例来说，其他世俗化教堂庆祝复活节，举行圣餐礼，但耶和华见证人并不这样做，因为"没有必要"。唯有根据古犹太历，正式进入尼散月①14日的逾越节时，见证会才会举行圣餐礼。最先端上的是由某位教会成员亲手烘焙的未经发酵的面包，然后教会信徒间会传递同一杯酒，但没有人吃喝。大家都不知道，更无法确定自己是否能成为耶和华所预选的子民。

唯有确定自己能成为他亲手预选的子民，才能吃下面包，喝下那杯酒。

从小到大，就他的记忆所及，就只有那么一次，真正有人在耶稣受难纪念日吃下那块面包，将酒一饮而尽。

他记忆犹新：当那人吃下面包，喝下杯中酒时，在座每个人都睁大眼睛，不敢相信眼前发生的事。无论是平时的《圣经》研讨会

---

① 为希伯来历的其中一个月份，相当于犹太教历 1 月、犹太国历 7 月，共计 30 天。

或出外执行任务，那人的表现一点都不杰出。

他吃喝完以后，现场每个人都在耳语，大家一致认为他没有资格获得这项殊荣。

果然，那件事发生后没几个月，那家伙就从教会消失了。

人生就是这样。

你必须做出选择。你要是做错选择，就得付出代价，例如，消失。

就像报纸、图书，《圣经》研讨会、每个教会的传道时数等其他例行公事一般，每个教会获得施油礼封圣的信徒都要上报至布鲁克林的总部。每年1月号的《瞭望台》都会刊登目前全球各地获得封圣的信徒总人数。

本杰明很清楚，自己永远不会获得封圣，但他相信，有朝一日自己绝对能够成为备受敬重的资深教会成员。

他会成为领导者。

而不会是堕落者。

他早已成为正规先驱，这意味着，他每个月至少必须在外执行任务达90个小时。这等于每星期至少传教22个小时半，这还不包括教会里所有例行性的聚会。

每周二、四、六晚上都有《圣经》研讨会，准备这些研讨会也是需要时间的。另外还有每个家庭各自举行的灵粮之夜。

他19岁。直到目前为止，他出生、成长的教会几乎就是他生命的全部。

他是耶和华最忠实的仆人。

但现在，他却多了两项缺陷。

其一，他是同性恋者；其二，他犯了通奸罪。

另外，他还恋爱了。

本杰明撒了谎。

在他邂逅拉斯穆斯，并且在对方家过夜之后的那天下午，他就已经说谎了。先欺骗了母亲，然后又欺骗了父亲。根据耶和华的指示，他必须尽一切努力，荣耀父母。这真是天大的讽刺。

他爱爸妈，但他却选择对他们说谎，使自己更加污秽不洁。

他甚至还没来得及准备，就不得不说了第一个谎。妈妈只不过在厨房里问他，昨晚到哪儿去了，就足以让他措手不及。

然后，他就得一而再，再而三地说谎。谎言就像一道黏密的网，死死缠住他，使他动弹不得。

过去这半年来，最简单的解决方式莫过于将自己的生活一分为二。

这样一来就会出现两个本杰明·尼尔森。其中一个是耶和华年轻、忠心耿耿的仆人，完美无瑕，更是父母最大的骄傲。另一个则是刚出柜的男同性恋者，男朋友叫拉斯穆斯·史达尔。8月底，所有同性恋战友都期待他参加一年一度的解放大游行，高喊："看看我们在这里游行，请告诉我们你是谁！"

这两种形象，实在太不协调了！

此外，拉斯穆斯已经向父母摊牌，出柜了。

这又将两人的关系向前推了一步。

他们必须搬出原本居住的家，住在一起。他们要成为名副其实的情侣。

赛尔波已经帮他们弄到国王岛上一间二手公寓的租约，为期两年。他们也答应了。

对本杰明来说，进入美好的感情世界是天经地义的事。更重要的是，这段感情将会天长地久。

确实，他已经向不当、淫秽的肉欲臣服了。但从另一方面来看，他在某种程度上还是耶和华见证人，人们对他的期望其实非常简单：结婚、成家、生子，忠于自己的精神信仰。

因此，当本杰明必须向父母表示，他要搬出去住，和一个从未见证过上帝真理的朋友同居……

光是这样，就足以使父母满腹疑虑。

如果他们知道所有的真相，那就更不堪设想。

上帝对世人是慈爱的，但他也无时无刻不监视着人们的一举一动。爱情与监视，两者互为表里，密不可分。

爱上一个人，却不肯对他负起责任。这样说得通吗？

这跟不肯照料羊群的牧羊人有什么两样？

上帝希望获得召见，得以共享神之国度的选民，都能够行为端正，一丝不苟。要想达到这一点，唯有随时惕厉自己，不要误入歧途。

还要跟不守戒律的人们保持距离。

勇敢割掉身上的腐肉，投进火里。

　　想想看，一个人身为园丁却不肯定时除草，这样一来，庭园会变成什么样子？

　　上帝对世人充满慈爱，但也无时无刻不监视着世人。耶和华见证会也一样，结合慈爱与监视为一体，阶级区分非常清楚，不容一丝一毫质疑。

　　如果你质疑，你就是在质疑上帝。

　　家庭是耶和华所指定权力阶级的一部分。

　　家庭的任务非常简单，就是保护自己的子女。

　　魔鬼撒旦最大的乐事，莫过于挑逗、勾引儿童，使他们堕落。因此，对父母而言，子女的管教至关重要。

　　管教，就是关爱的同义词。

　　时时刻刻的监视，就是爱情最纯净的形式。

　　每一个家庭中，要由父亲负起领导全家的重责大任，而且要确实管教，不得有丝毫马虎。因此，男人拥有上帝所授予的独特权利与义务。《圣经》中，使徒扫罗等人就曾明确地说过，父亲就是一家之长，必须时时保持警戒。

　　对本杰明而言，这是天经地义再自然不过的事。

　　父亲代表绝对的保护，绝对的安全。顺从父亲的指示，绝对是最正确的决定，他对爸爸的信赖坚定不移。

　　爱情与监视。两者互为表里，密不可分。

　　然而现在，他想另起炉灶、自立门户，远离他们的管教，还希望他们会祝福他。更令人不齿的是，他竟然完全将他们蒙在鼓里。

教会大厅虽称为王国厅，但其实相当质朴，就跟一般的演讲厅没什么两样。厅内有许多可移动的座椅，讲台上摆着一张演讲椅与讲桌。今晚是神学校的讲习时间，大厅内座无虚席。

举办讲习的目的，是让较年长的男孩们有机会面对群众，针对各种不同的讲题进行演讲——当然，必须事先在家好好准备才行。

讲习的另一个项目是戏剧排演，由大人负责教导孩子身为耶和华见证人可能遇到的状况，孩子们借此机会可以熟悉并了解出外执行任务时或是在学校里遇到某些相当棘手的情况下，自己应该怎么应对。女孩也可以参加这项活动。

年轻人的心灵非常稚嫩，非常脆弱，却又更经常受到试炼，更容易对事物产生疑惑。

一如往常，所有人盛装出席，男士们西装笔挺，女士们身着洋装，足蹬高跟鞋，连小孩也不例外。

今天的主持人是欧夫。在教会资深的长老当中，他比较胆怯，不善言辞。此次聚会，他担任校务监督的职务。

他对着麦克风，慢条斯理、随性地谈着，老花眼镜半挂在鼻梁上，要掉不掉的。

"好，现在是今晚的第三……哦，不，是第四篇演讲，"他边说边眨眨眼，好不容易才翻到正确的页数，"接下来，让我们的弟兄……本杰明……"

英格玛和欧夫都是教会资深会员，两人对彼此的家人知之甚详，算得上是老朋友了，但他还是匆匆看了一下讲稿，仿佛要确定自己没念错名字。

"……尼尔森为我们带来今晚的第四篇演讲，主题是'财富、贫穷与虔诚信仰之间的关系'。让我们以热烈的掌声欢迎……本杰明！"

英格玛拍了拍本杰明的肩膀，为他打气。本杰明从座位上起身，走上讲台。他小心翼翼地将打字机打好的讲稿按顺序叠好。在家里，他一连数星期，夜以继日地练习，今天就是上帝给他的一次试炼。

他清了清喉咙，环视台下的教会成员，然后开始高声但略显单调地朗读着。大家都听得出来，他努力模仿教会长辈们演讲时的语调及神态。

"对真主感到敬畏，谨守他的戒律，这是人类最重要的义务。"

他引了《旧约全书》这段话作为开场白，然后像爸爸一样，策略性地暂停一下。这样一来，才有足够时间让开场白在听众心里产生回响，而后，他才能继续演讲。

"所罗门王就是这样，在当时，他被誉为全世界最有智慧，也最富有的国王。在他的一生中，大部分时间，他同样忠贞不渝地侍奉着耶和华。"

本杰明经过一番心理挣扎，才决定使用"大部分时间"这个措辞。

他了解，这是他演讲论点的一处破绽。所罗门王晚年之际，居然醉心于魔术与占卜术，还崇拜其他神明，将他作为信仰的标准与大众的楷模，其实并不那么妥当。

他又停顿一下，观察听众的反应，是不是有人皱起眉头，表示质疑。

但他只看见自己的父母聚精会神地聆听着，显然以他为傲。

妈妈随时准备做笔记，爸爸则不自觉地点点头，对儿子的演讲表示赞许。本杰明感到胃部一阵暖意，雀跃自心底升起，虽然知道自己还在演讲，必须保持严肃与凝重，但嘴角还是不争气地浮出一抹微笑。

他又低头看看讲稿，重新聚精会神，继续演讲。

"耶和华另一位忠诚的仆从，就是使徒扫罗。但他的情况完全不同——他是贫穷的帆布工人，三餐仅求温饱。"

本杰明整篇演讲的重点在于，物质财富与精神信仰的虔诚能否并存。有时，耶稣基督强调两者不能并存，但在《旧约》里，许多富人，包括亚伯拉罕、以撒、雅各、约瑟与约伯，对上帝的信仰都极为虔诚。更不要说《新约全书》里还有尼哥底姆①，以及来自亚里马提亚的约瑟等长老，足为明证。

本杰明习惯从《圣经》中引用篇章，他最常引用扫罗的信。

这才是正确的策略，从《圣经》中引用可靠、大量的证据，强化自己的论点。听众们心悦诚服地点头，忙着做笔记。

其中一位见证人坐在爸妈后面，本杰明并不认识他。但他竟屈身向前，低声对母亲布丽塔说，本杰明真是太厉害、太优秀了。

布丽塔友善地点点头，低声道谢，然后又恢复严肃的神情，听着本杰明的演讲，做着笔记。

"不管我们是家财万贯，或是一贫如洗，都应该以所罗门王为榜样，对真主感到敬畏，严守他所制定的戒律。这是人类最重要的义务！"本杰明用沉着稳健的声音为演讲做结，点点头，感谢大家的聆听。

他坐下时，布丽塔对他微微一笑，紧紧握住他的手。父亲低声赞许他的表现。坐在后面的另一位教友拍拍他的肩膀，表示肯定。受到这么多嘉许的本杰明微笑一下，害羞地脸红起来。

在返家的车上，英格玛不时地从后视镜望望坐在后座的孩子们。

"本杰明，"他夸奖道，"我真以你为傲！"

然后，他对女儿投以极其严厉的一瞥："下次就换你上去，玛

① Nikodemus，《新约全书》中法利赛人长老，曾协助埋葬耶稣。

格丽特！"

玛格丽特发出一声牢骚。

"别再说啦！"她叹了一口气，双手抱在胸前。

下一次教会的聚会，玛格丽特要与另一位女孩进行一段对话式的讨论。

题目是：为一位世俗者讲述耶和华见证人为什么不庆祝自己的生日，更不庆祝绝大多数基督教节日。一想到得站在台上，面对所有人，她就已经怕得要死。

"你会做得很好的。"

父亲话是这么说，但这句话对她不只没有安慰鼓舞的作用，听起来反而像威胁。

最近几年来，爸妈对玛格丽特简直失望透顶。

他们不会直接明说，但事实就是这样。

小女孩对《圣经》研讨会一点兴致、一点热忱都没有。每次出外执行任务时，她总是既安静又害羞，简直就和发传单的工读生没有两样。布丽塔不客气地指责女儿，真是懒惰虫，没用的软脚虾。英格玛无奈不已，只能尽可能和颜悦色。

玛格丽特非常喜欢运动、健身、跳舞，和班上那些世俗的同学们鬼混。这些都是非常不健康的欲念。父母为她的未来担忧不已，几乎每天晚上辗转难眠，他们在枕边低声私语，讨论该怎么解决女儿的问题。

他们必须想尽办法，使她不至于堕落，落出他们的手掌心。

　　相对地，本杰明让他们放心多了，从没给他们带来麻烦。他们对他的表现视为理所当然。在教会聚会结束后，返家的车上，他突然对他们摊牌，表示不想继续住在家里，要自己搬出去住。

　　这不啻晴天霹雳。

　　"呃，这……要怎么说呢……"他一开口就犹疑不已，"我想……搬出去住。"

　　布丽塔震惊地转过头来。

　　"为什么？"她气恼不已，"你在家里不是过得好好的吗！"

　　本杰明微微一笑："妈，我已经20岁了。"

　　这是不争的事实。他已经长大成人，自己工作、赚钱——但对父母而言，这还是一道晴天霹雳！

　　"那你哪来的钱？现在城里的公寓贵得不得了。"

　　"我打算和一个朋友一起住。"

　　来了。最大的破绽出现了。

　　这个破绽，就跟他引用所罗门王作为"物质生活与精神信仰可以共存"的事证一模一样。所罗门王受到上帝无限的祝福，最后还是任由邪门歪道引诱，终至堕落。

　　不同的是，这次本杰明想再蒙混过关，可没那么容易了。

　　"朋友？"母亲勃然大怒起来，"什么'朋友'？我们认识他吗？他是我们的弟兄吗？"

　　英格玛握着方向盘，开着车，静静地听着。她不耐烦地推推他，要他介入。

"英格玛！"她的口吻近乎责难，"你怎么一句话都不讲？"

"你这位朋友，"爸爸问道，"他是我们教会的人吗？"

本杰明吞了吞口水，感觉自己越缩越小。的确，没有明文禁止他结交教会之外的朋友，更没有明文规定只能和属于教会并活在上帝真理中的子民结婚。但就现实来说还是非常困难。

要是一切顺利，他可以将朋友或爱人说服，一起进入神与真理的国度。但是，要是没能说服他们，友情多半会瓦解，感情则必将破裂。

"不，他只是一般人。"本杰明不得不承认。

"如果他是教会弟兄，还说得通，"妈妈不安地喊道，"现在是怎么回事？你觉得这样很聪明吗？"

她发现儿子仿佛想反驳，就得理不饶人起来："你要知道，世俗世界里实在有太多诱惑了，很容易玷污你的灵魂，本杰明！你知道吗？"

"对，可是……"本杰明再次试着插嘴。

"你必须小心才行！"母亲又转回去，探头看看前方路况，仿佛想用肢体语言表明自己的想法。

英格玛还是一语不发，但他手上握有生杀大权，这个家里，凡事他说了算。他继续开着车，从后视镜看着本杰明，仔仔细细打量着他，像是要将他的心事看透一般。

"你这个所谓的朋友，是否懂得尊重你的原则？"他终于问道。

"你要想清楚，人，很容易迷失的！"母亲抢在本杰明开口前，插上一句话。

然后，不可能的事发生了。

父亲沉默片刻，然后对妻子说，本杰明已经长大了，有权利决定自己要住在哪里。

"这是信任问题。我们必须证明，我们信任你！"

透过后视镜，他紧紧盯住本杰明。对本杰明而言，没有比这句话更震撼、更不可思议的了。

拉斯穆斯是个不折不扣的"凡夫俗子"。可是，爸爸竟然同意他搬出去，和拉斯穆斯住在一起！

原因非常简单：他们选择信任他。

他们知道，他不会让他们失望。

拉斯穆斯将最后一个纸箱从阿姨的车内搬出来。克莉斯汀娜与本杰明一同将汽车置物架上的床垫卸下。

"就这样吗？"阿姨问道，"总共就五个纸箱，一张床垫？天哪，你们这些小鬼，真是的。"

向克莉斯汀娜阿姨说再见后，他们开始动手整理，将衣服与书籍从纸箱内拿出来。

单间公寓内号称已附有家具，其实只是些最简单的东西：一张床、两张折叠椅与一张可拆卸的桌子，而且全都是塑料质的，都是些露营时的简易装备。家具的费用全算在他们的房租里。

"天哪，又来了，"拉斯穆斯哈哈大笑，"这里只有一张床，我们只带了一张床垫，根本就用不到。"

本杰明将《圣经》收藏在皮革护套里，他从书里抽出一张附有文字说明的照片，用图钉固定在墙壁上。

这是典型耶和华见证会的照片，照片里是笑容灿烂、充满喜乐的一家人：父母和孩子都穿戴得整整齐齐，坐在湖边翠绿的草地上，背景看起来很像阿尔卑斯山。

拉斯穆斯很不以为然地瞧了照片一眼。

"这就是你的理想吗？"他的口气充满狐疑。

本杰明有些害臊，不自然地耸耸肩。

"我想是吧。"

拉斯穆斯走到照片前，仔细打量着照片里的人物许久，然后他下了一个结论："你们真的全是神经病。来吧？我们跳支舞吧？"

他潇洒地一转身，露出微笑，一把抓住本杰明，将他拥进怀里。

他们开始缓缓地跳着、跳着。

拉斯穆斯哼着歌："唤你一声甜心，只因我真心爱你……"

本杰明紧紧依偎着拉斯穆斯，闭上眼睛。

这下子出现了两个本杰明，就像罗伯特·史蒂文森笔下的化身博士一样，永远不能同时现身。不，不能这样下去。他非常清楚，不能继续这样对自己、对其他人说谎。只是，他不知道该怎么做才能停止说谎。

不知为何，跳着跳着，他竟开始啜泣。拉斯穆斯索性紧紧抱住他，让他尽情地哭。

最后，本杰明在拉斯穆斯耳边低语："你不知道，这一切对我而言，意义有多么重大……"

拉斯穆斯也对他耳语："拜托……你闭嘴行不行？"

他们继续缓慢地有一点笨拙地跳着舞，一直跳，一直跳。脚步散乱，毫无节拍可言。不过，他们还是一直跳，一直跳。

渐渐地，本杰明在拉斯穆斯的臂弯里放松下来。他开始意识到，为了这厚实温暖的臂膀，他愿意毅然决然放弃从小到大的一切信念，开始新的生活。

讨厌，玛格丽特心想，她一定又犯错了，不然父亲没事怎么会请她过来"促膝长谈"一下？

她知道，妈妈静悄悄地躲在厨房里，一声不吭。

她不会是在窃听吧？玛格丽特只是单纯怀疑，不过根据她过往被父亲叫去恳谈的丰富经验，最坏的状况不外乎爸妈已经达成协议，而母亲会极度不耐烦地在厨房踱步，仿佛在医院大厅里等候"好消息"的病患家属。

所谓的好消息，不外乎玛格丽特又认错了，知道自己又做错了，然后答应要再次"悔过自新"。

她和父亲促膝长谈的结果总是这样，千篇一律。

更糟的是，她还不能觉得这样的对话很没意义，她得请耶和华一定要宽恕她，今晚，她必须一直祈祷、忏悔……

父亲关上厨房的门，要她坐下。"我们应该要好好谈谈。"

老天，她怎么那么容易犯错！是她整天抱怨吗，还是因为她一点热忱都没有，开会时不专心、打瞌睡，闷闷不乐，摆臭脸？还是……还有别的原因？

父亲又开始念经："身为家长，我有绝对的责任引导你度过各种困境。但年轻人的通病，就是听不进父母的忠告。为什么会这样？你觉得呢？"

他沉默片刻。

玛格丽特眼神飘移，闪烁不定。她不知道怎么回答才好，或者更正确地说，她不知道正确答案是什么，更不知道爸妈究竟想听什么。

"你知道问题在哪里吗，玛格丽特？"父亲试图开释她，"这跟你的心有关系。你的心中住着心魔。"

英格玛边说边拍拍自己的胸膛，他的声音沉稳柔和，客观而不激动，仿佛在讲述某种深奥的道理。

他仿佛想告诉玛格丽特：我完全了解你的想法，我也跟你一样，年轻的时候也面对过各种诱惑，各种试炼。

他老爱玩这套，一开始先故弄玄虚，让玛格丽特摸不着头绪，然后再一箭穿心，直接切入要害，不假辞色，每次都让玛格丽特措手不及。

"也许，在你内心最深处，恐怕有想要逾矩、想叛逆的冲动？"

他身子向前倾，盯着她的双眼，把她从里到外瞧了个仔仔细细。

想叛逆？废话，她一直都想要叛逆。

只是，这次又是出了什么事情？

她知道，再怎么不愿意，都不能在这时回避父亲犀利的眼神，不然等于自找罪受。

父亲发现她无话可说，脸部突然抽搐一下。

"宝贝，你知道吗，我觉得啊，我们应该拿出《圣经》，好好研究一下。"

他微笑，从扶手椅旁的书架上抽出两本《圣经》，把其中一本递到她面前。

"《圣经》上说：'人从小时，就怀着恶念。'就在《创世纪》第8章第21节。你可以试着自己找出来。"

他注视着玛格丽特，很有耐心地等她翻到正确的页数。

当她读完《创世纪》第8章第21节后，他又换到下一个章节。显然地，他一直关注先前在《瞭望台》读过的文章。关于要引用的《圣经》章节，他如数家珍，知之甚详。

"在第17章第9节，耶和华也借由耶利米先知警告我们……"他又停顿下来，等着玛格丽特找到正确的段落，确定她已经找到才继续念下去。

"人心比万物都诡诈，坏到极处，谁能识透呢？"

他抬起头来。

"玛格丽特，看到没？父母的确比子女见多识广。可是，年轻人受到不当的欲念影响，总会觉得自己比父母厉害、聪明得多。玛格丽特，你现在是少女，你绝对需要我和妈妈的指导，才能度过这段青春期。"

最后一句其实是玩笑话，但只有爸爸在笑。玛格丽特好一会儿才意识到父亲在跟她开玩笑，想化解一下凝重的气氛。

不过她想笑也来不及了，父亲接着又严肃了起来。

"耶和华希望你顺从父母的指引，而父母受他的托付，有绝对的责任与义务照顾你，开导你。因此，他对你提出忠告："你们做儿女的，要在主里听从父母，这是理所当然的。'这是使徒扫罗所写的《以弗所书》……"

玛格丽特相当乖顺地听从父亲的指示，翻找着《新约全书》中正确的段落。不过，这次他自顾自地继续说下去，不打算等她了。

"你现在还是少女，我跟妈妈仍然有责任引导你，规劝你！同样地，你有义务听从我们的建议。"

他刻意强调最后一句话：玛格丽特有义务乖乖听话。

"我和妈妈都有义务规劝你，这是相辅相成的！"

他又笑了，显然觉得自己的最后一句话很有趣。

"我们可能是这世界上最有资格规劝你、开导你的人了，不是吗？当你还小的时候，我们就很了解你了！不过，这些可以暂时不提。"

讲到这儿，父亲变得相当严肃，身子微微颤抖着。

"我们可以和你分享过来人的经验。"

他点点头，陷入沉思。

"当然了，我们都年轻过，都感受过年轻人的欲念。甚至还有那么一次……"

他欲言又止，仿佛觉得往事实在太不堪，犹豫着是否该说出口。

"我可以告诉你，真的有那么几次……"

他再次欲言又止，让思绪重新沉淀下来，换个方式开头："身为真正的基督徒，我们有机会亲自体验到，依据基督教戒律生活是多么难能可贵。"

父亲脸红了，低头望着自己的膝盖，似乎突然害羞起来。

耗了这么久，玛格丽特还是没搞清楚，自己这次为什么被叫来促膝长谈。她还在等老爸开金口告诉她原因。

父亲随手抓来一支钢笔，漫无目的地把玩着，似乎已经忘记玛格丽特还坐在对面，父女俩正在促膝长谈。

这时，他冷不防再度开口。

"就拿异性关系来说吧。这么敏感的话题，你觉得身为你的父母，我们能够给你什么建议呢？"

他目光如炬，紧盯着玛格丽特，像是要将她看穿。

"玛格丽特，你觉得呢？"

玛格丽特心急如焚，努力在自己恶贯满盈的记忆里翻找着曾经做过的不道德的坏事，但就是想不到自己到底做了些什么。

"你应该要了解，我们由衷希望你能够远离那种会使你迷失、冲动、堕落的场合。"

"可是，我又没有……"

"玛格丽特，有人看见你和霍康在城里手牵手逛街。"

父亲直摇头。

"我们什么都没做，就只是碰见而已……"

"用这种方式碰见一个男人，就是不道德的，就算他是我们教会的弟兄也一样。这一点，你很清楚。"

"我们只是喝杯咖啡。"玛格丽特低下头，嗫嚅着。

父亲将她的头扶正，轻拍她的面颊，继续柔声说道："身为父母，我们都了解，对异性的爱恋与感情非常……强烈，以致难以克制。你喜欢的这位教会弟兄……他叫霍康，对吧？"

"对……"玛格丽特泪水盈眶，声音细若蚊蚋。

"很多年轻人整天只想跟异性混在一起，其他什么事都不想做。一想到可以跟有趣、帅气或美丽的异性朋友独处，一颗心就如小鹿乱撞，心跳加速。"

他又策略性地暂停一下，想瞧瞧玛格丽特会有什么反应。不过她又低下头去，刻意避开父亲的眼神，什么都不想说了，只等着最后的判决。

"身为关爱子女的父母，我们必须保护你，提醒你避免和那些不遵守上帝戒律的青少年鬼混。"

玛格丽特听到这句话，最后一次抬起头来，满脸绝望。

"可是，霍康没有不遵守戒律啊！"她求情般地喊道。

"嗯，你这样说是没错。不过今天我很不巧地听到，这位年轻帅气的霍康才被我们教会的一位长老关切。他已经遭到严厉警告。我和妈妈发现，你的心正在迷失。因此，我们才这样劝告你。但一切都看你自己了，我们不能逼你接受我们的说法。宝贝，你是否愿意听从我们的劝告，避免这场灾难？"

玛格丽特点点头。

从此以后，她不能再亲近霍康了。

今天是周六的晚上，他们却不打算上酒吧喝一杯。他们这伙人现在已经很少去外面喝酒了。拉许欧克早已卧病在床，赛尔波必须在家照料他。保罗上朋友家吃晚饭，班特则跟红粉知己玛格达莲娜一起去看电影。

本杰明坐在他们从二手家具连锁店买的书桌前，聚精会神地工作着。他点亮桌灯，正努力做笔记，翻阅《圣经》，确认其中一句引言是否正确。

拉斯穆斯本来躺在床上，戴着耳机听音乐，却突然烦躁不安起来。他觉得无聊极了，搁下耳机走到男友背后，一会儿亲吻他的项背，一会儿探头瞧他究竟在写些什么。

"你在干什么？"

"没事，我要在王国厅演讲，现在正在准备讲稿。"

"哟，你要演讲啊？"

拉斯穆斯继续亲吻他的后颈。本杰明努力想把他摇开。

"很痒呢……别再亲了。"

"我可以瞧瞧吗？"

"你只……"他猛然将肩膀缩拢，不让拉斯穆斯靠近，"不，你不能看！"

拉斯穆斯放开他，向后退了两步。

"哼，你爸妈也会去吗？不然是怎么回事？"

本杰明忍不住叹了一口气。他们已经因为这种事情斗气拌嘴过无数次了。他想草草带过，但从拉斯穆斯的语气里听得出来已经来不及了。

"不，不是这样的……"

"吃屎去吧！"拉斯穆斯突然动怒，抓起一件夹克穿上，直接走出公寓，没说自己要上哪儿去。

本杰明喊他的名字，但见对方无意回头，又叹了一口气，继续奋笔疾书。

要在两者之间保持平衡，真是难为他了。

很自然地，拉斯穆斯希望两人的闲暇时间都能在一起，然而教会各种大小会议、教区内的传道任务等，都需要时间经营。

这就是两难。人，必须做出抉择。

他已经失去先驱的资格，与拉斯穆斯同居后，每个月花90个小时外出传教，简直是不可能的任务。

母亲对他的表现感到非常沮丧。父亲花了很长一段时间开导他，教他要分辨生命中正确的事、重要的事。不重要的事，先搁一边。

父亲甚至跟本杰明挑明了，虽然从世俗的眼光来看，本杰明已经是成年人，也已经搬出去住了，但儿子该听父亲的话，这项义务他是绝对赖不掉的。

父亲一如往常，从《圣经》篇章引经据典，企图说服本杰明。他一而再，再而三提醒本杰明一个已经被念到烂的事实：使徒扫罗在写下关于"为人儿女者"的书信时，使用的是希腊文中一个同时代表老人与小孩的单词。耶稣面对耶路撒冷居民，发表谈话，虽然全城几乎都是成年人，他仍然使用"儿女"这个字眼。这和扫罗书信的道理是一样的。

本杰明静静地听着，知道父亲会将论点导向哪个方向。他更明白，面对父亲严厉的指正，自己只有俯首称臣的份儿。

"在古老的年代，"爸爸继续说道，"许多信仰坚定忠诚的人，即使已经成年，都还是会听从父母的话。雅各就是个例子。虽然他已经成年，但他仍然了解自己必须遵从父亲的指示，只能与荣耀耶和华的女性成婚。"

"亲爱的爸爸，我每次外出传道总是感到无比喜悦，无比急切，无比荣耀。你也是知道的。可是，现在我的人生已经负担不了这么多了。"

父亲对他的话看来是听而不闻。

"你知道，"他自顾自地说下去，"雅各看到自己的亲哥哥以扫竟选择和异教的迦南女人通婚，这让父母心中感到异常苦痛……"

又是这些话，这些和他根本完全无关的老掉牙故事。

父母对小妹玛格丽特已经失望透顶，因此本杰明身上的压力比以往更加沉重——他绝不能让他们失望。

"哦，爸爸……"本杰明长叹一声，诚挚地凝视着父亲，"爸爸，爸爸，爸爸……"

在他离开之前，父子俩紧紧相拥，许久不放。有那么一瞬间，他竟然感觉到爸爸偎在自己怀里。

他微微屈身向前，继续书写，笔迹极为工整。

他努力克制自己、压抑自己，他的世界同时从两端逐渐瓦解、崩溃。只要他能够自我克制、自我压抑，仿佛就能延迟自己被彻底撕裂的那一刻。

只要他能挺住，他的世界也就能挺住。他吸入一口气，屏住气息。

不敢呼出。

拉斯穆斯在地铁锌矿场站下车。他终于对整座城市驾轻就熟，直到现在，这座城市才真正属于他。走在街道上，他已不再感到迟疑。

宽广的圆环路尾端只剩两座仿佛来自上个世纪的老旧厂房，显得相当突兀。拉许欧克对老一代的斯德哥尔摩知之甚详，他说，市政府曾立下雄心大志，想在这里建一座桥，直通对面的国王岛。不过整个建设方案到最后只剩下一个车道，哪儿都去不了，什么都没建成。

拉斯穆斯沿着小丘街往前走，这条街通往兴建于30年代初期的劳工住宅区。瑞典政府历来总喜欢在那里接见外宾，想向他们证明瑞典的蓝领阶层的生活其实还是很惬意的，可以坐享如此美景。1932年，英国的威尔斯亲王甚至被请入公寓参观，欣赏全城美景。

现在这里是班特的家，他住在一间附有阳台的小型单间公寓，得以将全城景色尽收眼底。

当然，英国王子不曾成为班特家的座上宾，但无数来自不同国家、不同年龄与不同社会阶级的人一定曾目睹过这栋公寓，体验过对自己身份感到骄傲的年轻人所能提供的好客……

拉斯穆斯从小丘街转出，进入毛皮湾公园。此时天色已全暗了，他已不再怒火中烧，摇身一变成为猎人，找寻猎物。

一进入公园，他就放慢脚步，留意周遭的动静。左边是一面由各种树丛筑起的墙，要想进去就必须找到通往树丛的路，不过从外面就看得出来，里面简直深不见底。

这里就是拉斯穆斯的狩猎场之一。

其实，他最喜欢的还是同性恋蒸汽浴场，或是白天的长岛区。不过有时换换环境，呼吸新鲜空气，好像也不错。

他现在已经有男伴，其实根本不需要也不应该再到这里来。但他每次对本杰明发火以后，总想要惩罚他一下。

他其实并不是真心想这么做，但一时冲动之下，人就来到这儿了，这些同志的搭讪圣地。他也不想解释什么，他就是这样做了。

就这么简单。

公园下方水畔就是梅拉伦湖，另一端就是市政厅。以前他对地理一窍不通，还傻傻以为梅拉伦湖就是大海。列车通过中央大桥，驶进车站，通明的灯火映照在湖面上，闪闪发亮。

也许列车的二等厢内坐着一个来自鸟不拉屎的乡下、垂头丧气、不被众人祝福的小娘炮。他即将在斯德哥尔摩下车，不计一切代价，准备与屈辱的童年一刀两断。

他就是那个垂头丧气的小男孩。进城时所发生的一切历历在目，仿佛昨天的事。

满心期待。

不，那毕竟是好久以前的事了。

他已经一次又一次，确实地将全身上下的纯洁与无辜抹灭殆尽。不分老少，只要是男性，每个人都可以疯狂地要他，尽情享用他的肉体。

他在公园里一张长凳上坐定。夜间气温骤降，室外开始冷起来。他点燃一根烟。

回想起来，自己运气还是不错的，遇到本杰明，而本杰明也想要他。就这样，两人一拍即合。

一个满心期待却又垂头丧气从乡下来的小子。

本杰明就是他今生今世的最爱，无人能再动摇。上帝见证，要在父母面前出柜是多么困难！目前两人还是装成室友，但这种躲猫猫式的游戏能再玩多久？

本杰明的父母迟早会想来看看他们，嘘寒问暖一下。当他们见到公寓里只有一张床时，一定会发现真相的。

当然，他也担心本杰明最后还是会选择与教会为伍，弃他如敝屣。

另一方面，只要本杰明继续跟拉斯穆斯在一起，他就会继续受到良心谴责。教会绝对禁止通奸和同性恋，他早已犯规了。

可以在人间天堂里尽情享乐，直到地老天荒，但也可能错失良机。

拉斯穆斯一直想着，自己多爱本杰明，但他同时也感觉到，右边几步以外的地方，有个年纪稍长的男人正在仔细打量着自己。

那家伙超过40岁，略胖，神态并不讨喜，甚至足以使人感到恶心不悦。他迅速地朝自己私处摸了一把，朝拉斯穆斯点头示意，要他跟过来。

拉斯穆斯寻猎的兴致让他立刻站起身来，不假思索地跟着对方爬上山坡。

他猜得没错，那男人正朝毛皮湾山南侧的露天矿场走去。市政府一定曾想要在这里盖些什么，当初一定进行过爆破，可能就是那座不了了之的大桥，只是整个建设方案到最后终究石沉大海。那男人停下脚步，拉斯穆斯也停下脚步。

他们注视着彼此，环顾四周；仔细聆听对方，打量彼此，等待对方行动。

要有人先发出信号才行。

那男人再朝私处摸了一把。这次可就毋庸置疑了。拉斯穆斯二话不说朝他走去。

先搞清楚一件事：对拉斯穆斯而言，这男人毫无吸引力，甚至可憎之至。

但这就是拉斯穆斯跟到这里的原因。

拉斯穆斯爱本杰明更胜于自己的生命。他宁死也不会做出伤害本杰明或两人之间关系的事。

但不知怎的，眼前这码事好像完全无关。

对方面无表情地看着拉斯穆斯，眼神中透着不悦。

然后，那男人猛力将拉斯穆斯往下压，拉开裤子拉链……

拉斯穆斯压根儿不想要眼前这个肥男。他永远不想跟他讲话，不想认识他，更不想抱他。

拉斯穆斯像个走投无路的傻瓜，他泪水盈眶，自己仿佛只是一个大洞，可以随便让别人进入。这样一想，他所有的不安、忧虑竟全都平息下来，一切都正常了，什么事都没关系了，他几乎不存在了。

他就只是一个洞，一个没有感情的洞，可以让任何人疯狂进入，尽情泄欲。一切只例行公事，不具任何情感。

对方面无表情，完全面无表情。

没过几分钟，那男人就已经心满意足，却连一点愉悦的呻吟声都没发出，而是一语不发，掉头就走。

仿佛什么事都没发生一样。

拉斯穆斯也缓步离开公园。

一如往常，有点沮丧，垂头丧气。

回家以后，他一定会立刻刷牙，彻彻底底漱口，然后才能亲本杰明。

这里发生的事，就当作没发生过。

因为以后一定还会再发生。

同一天稍晚，夜幕低垂。拉斯穆斯躺在床上，双手紧紧抱住本杰明。唯有如此，他才有安全感，才能安心入睡。一回家，他马上刷牙漱口，把嘴彻底弄干净。弄干净以后，他又是纯洁之身了。什么事都没发生过，也不会再发生了。

本杰明问他刚才上哪儿去了，拉斯穆斯随口带过，只说自己"在外面闲晃"。

拉斯穆斯问本杰明，演讲稿写好没。"当然啰。"本杰明回答。

随后，本杰明为了刚才斗嘴的事，向拉斯穆斯道歉。拉斯穆斯痛苦地闭上双眼。在这零点零一秒内，他又见到自己屈辱不堪地跪在一个恶心的陌生男子面前……他打了个冷战，不由得将本杰明抱得更紧。

两人又和好了。

本杰明正准备说晚安，拉斯穆斯突然用手臂抵住床铺，坐起来。

"有件事我得说清楚。我不希望自己在爱人的生命里，什么都不是。"

他凝望着本杰明湛蓝深邃的双眼。

本杰明顿时面色凝重起来："不，你并非什么都不是。"

"那我算什么？"

本杰明避而不答。

床铺上方还挂着本杰明刚搬进来时带在身上的照片。

照片里，一家人笑容灿烂，充满喜乐，父母与小孩坐在湖边翠绿的草地上，远处山上积雪尚未融化。雄狮与羔羊在远处，其乐融融地玩耍着。

图片下方，有这么一小段注解："你将会永远活在人间天堂。"

长岛区最西南端，灌木丛后方，有一处露天浴场。在此出入的，多半是各个年纪的男同性恋者。

　　这座位于旧监狱西侧的小岛，就是娘炮与男同志们夏天的聚会场所。大伙晒太阳，聊天，胡侃，交流，然后做爱。真正想要游泳、泡泡水的泳客只能到最远处的半岛。那里水够深，水流状况也不复杂，不会有什么危险，能满足潜水客的需求。

　　在此地，所有人都是赤身裸体，没人穿泳裤的。大家或坐或半躺在不甚舒适的大石头上；有人爬上离岸边仅有半公尺左右的石块上，作势要跳水；还有一两个人浮在水面上。

　　如果你出现在这里，你一定得能言善道，侃侃而谈，耍自闭是行不通的。大家彼此交谈，亲切地问候新来的成员，不论老少，不分新旧，都非常欢迎。

　　如果想做爱，请到浓密的紫丁香树丛里，或到一段距离外的小山丘上晃晃。

　　在这半岛上消磨整个夏季时光的大有人在，对他们来说，这个小小的半岛就是避暑地。下班后直接杀到这里，玩玩报纸的填字游戏，用保温杯带点热咖啡，与大家天南地北地闲聊。在夏天，太阳是不会提早下班的。

本杰明与拉斯穆斯刚抵达，他们从灌木丛缝隙处跳到石头上，朝其他人点点头，开始宽衣解带。

这回是班特坐在离岸半公尺外的石头上。他一丝不挂，身材如希腊神话人物一般健美，大方地让那些老不死的男同志观赏、意淫自己的身体。

"哟，你们来啦！"他朝本杰明与拉斯穆斯喊道。其他人闻声望去。他丝毫不在乎其他人的眼光，恣意地在石头上伸展筋骨。

"抱歉，我们迟到了。"对于两人未能遵守约定的时间，本杰明很是焦虑。

一艘市区观光船从远处经过。整座城市大半都是水，坐船从水上欣赏斯德哥尔摩这座号称"北方威尼斯"的水都，再适合不过了。

观光船驶过狭窄的长岛运河，即将经过这座小半岛，抵达对岸的市政厅。

导游口中说着英文，通过船上的麦克风飘过来。

"各位请看！右边是……"

坐在石头上的裸男们看见观光船，站起身来，吹着口哨，同时挥舞双手致意。

拉斯穆斯急急忙忙地脱衣服，等不及要以裸体示人。

"本杰明，快脱衣服！"

本杰明显得有些害羞，反而慢条斯理地脱衣服。他很难适应在这种情境下赤身裸体，和大家"袒裎"相见。阴茎、阴囊、皮肤皱褶，一想到这些，他就很受不了。

拉斯穆斯早把他忘得一干二净。

这是一整天当中最好玩、最刺激的一刻。拉斯穆斯一丝不挂，跳到班特身旁，狠狠给他一个热吻。

班特用不可一世的眼神瞧着这艘观光船。

"真爽，我喜欢这种感觉！我们是观光景点！我们是瑞典的原罪！哈哈哈！"

两人朝船上的观光客挥手，高声唱着歌，吸引观光客注意。

"能当同志真——是爽！请跟我们一——起唱！"

唱完以后，两人又笑又叫，跳上跳下，疯狂甩着自己的老二。

这是真正属于他们的湖畔，他们的浴池，他们在世界上费尽千辛万苦，才争到的一小块自由之地。

这就是他们的人生：青春，勇敢，信念，生命力。

胜利是属于他们的。他们绝对不会失败的。他们拒绝被迫回到黑暗中，偷偷摸摸地过日子。

他们永远不老，永远不死。

本杰明站在他们后方，隔着一小段距离，小内裤还穿在身上。他脸色苍白，惊讶不已，却又崇拜地望着他们。

此刻，班特与拉斯穆斯沉浸得来不易的自由与胜利感中，在他们年轻健美的赤裸肌肤上，充满弹性的肌肉线条清晰可见。

他们是所向无敌的。他们要一辈子站在这里，直到地老天荒。

莎拉按下电话号码的最后一个数字，等待着。是拉斯穆斯接的电话。

"拉斯穆斯？太好啦，你在家啊？最近好吗？"

"是，我很……"

"你知道吗？我跟你老爸在《新维姆兰日报》上看到关于那个……那个艾滋病的新闻了。他们把它称为'新瘟疫'呢！"

哈拉德就站在莎拉旁边，手上抓着报纸。他决定用吼的，让拉斯穆斯清楚听见他说什么："他们说，那是黑死病！"

电话旁的墙壁上挂着一面大镜子，拉斯穆斯边听父母讲话，边观察自己的脸。他的确变瘦了，但也多了些肌肉，看起来比过去结实得多。他前后左右扭扭头，从不同的角度端详自己，同时将话筒贴紧耳际。他清楚感受到哈拉德与莎拉的忧虑。

"爸爸就在我旁边，他说，那是黑死病。拉斯穆斯，你有没有小心一点？"

"有啦，有啦。"拉斯穆斯不耐烦地应道。

他对着镜面呼出一口气。

哈拉德将报道伸到莎拉面前，指着其中一段，叫她看清楚。

"上面白纸黑字写得很清楚，同性恋是高危险群……"

"哦——"

他故意拉长音调，仿佛存心要让电话另一头担心得不得了的老爸老妈急死。同时，用食指在镜面的雾气上，写下自己的名字。

他发现莎拉还在电话另一端等着，等他说些什么。当他继续沉默不语，她就沉不住气了。

"我们都了解，你是健健康康、快快乐乐的！"

"是的，妈。"

"如果出了什么问题，你一定会告诉我们吧？"

"是的，妈。"

他点燃一根香烟，瞧着自己的名字从镜面上消失。自己呼出的气又在镜面上生成一小片湿润。

"我们是你父母啊！"

"是的，妈。"

他吐了一口烟，又吸了几口，再瞧瞧镜中的自己。

哈拉德终于失去耐性，一把抢来话筒。

"拉斯穆斯，你现在给我听好，我一个字一个字念给你听！'通常，病患将于染病后三到六个月内死亡。两年前染病的所有患者当中，至今只有30%仍然幸存。这些患者当中，几乎没有人能够再活两年。'"

莎拉又把话筒抢回来。

"你还在吗？爸爸刚才念的，你听清楚没有？"

"听清楚啦。"

"所以，你刚到斯德哥尔摩的时候，就有同性恋的……"

"妈，"拉斯穆斯突然打断她，"我再过四十分钟就要上班了。我要走了。"

"我们是你父母，拉斯穆斯。我们知道，你不是这种……"

他听得心烦，直接挂断了电话。

有那么一两分钟光景，拉斯穆斯在小小的公寓内，不胜恼怒地走来走去，简直想把一切砸得稀烂，想动手打人。然后，他直接拨电话回科彭老家，对着话筒鬼吼鬼叫。

莎拉刚抓起话筒，还来不及回话，他已经连珠炮般骂了一长串，表示自己感到"非常遗憾"，他是个同性恋，这一点彻底辜负了父母对他的"期待"。他一直都是同性恋，从5岁起，他就知道自己是同性恋了。

老妈拼命想插嘴，叫他先冷静下来，但拉斯穆斯只是一直说，一直讲，一直骂。有那么一两次，莎拉好不容易才逮到机会，叫拉斯穆斯"冷静"，但拉斯穆斯才不想冷静，他已经受够了。他的恨意与怒气犹如火山爆发，一发不可收拾。他恨这个世界，恨这个社会，恨他的父母，恨"新黑死病"，恨自己懦弱、怕死，更恨已经感染"新黑死病"的朋友。他恨一切！恨所有人！

"他们说'新黑死病'这狗屎蛋都是我们搞的！他们要把我们锁回衣柜里去！"他朝母亲吼道，"但是，老妈，我告诉你，这是不可能的！"

"你听我说，拉斯穆斯！"

"我是同性恋。你们要不就接受，要不就拉倒，下地狱去！"

话筒另一端陷入一片死寂。

老莎拉好像突然想通了，突然不再要他冷静，或叫他闭嘴。

过了一会儿，拉斯穆斯还以为她已经挂电话了，然后他才听到她异常平静的声音，平静到令他汗毛倒竖。

"是的，亲爱的拉斯穆斯，我很抱歉。"

一家人站在教会大厅外，在摆满各类文献的书架旁。通常，要出外执行任务之前，都会在这里先完成登记。

　　布丽塔要求教会派给她两个教区，在下星期慢慢消化，一一走访。本杰明先前为了两天后要主持的《圣经》研讨会，借了几本书，今天前来还书。

　　布丽塔"顺便"问本杰明，要不要回家吃点东西。

　　本杰明假装继续端详着架子上的书。唯有最敏锐的眼睛才能发现，有那么一瞬间，他整个人仿佛凝结一般，就像播放影片时画面突然卡住一下，然后又恢复正常。

　　"呃，我……没办法。我要跟拉斯穆斯一起……"

　　他几乎不假思索。到底需要撒多少个谎，才能下定决心不再说谎？

　　"……拉斯穆斯要煮饭。"

　　布丽塔又惊又怒地哼了一声。

　　"这样啊？他要煮饭？所以他比你的家人重要得多啰？"

她突然意识到，老朋友吉登就紧靠在她身后。吉登的工作就是分配每个人负责的教区，并把需要的书籍和刊物放在架上，供大家使用。布丽塔迅速地向吉登投去一瞥，羞赧地微笑一下。他其实不该听到他们的家务事，何况还是这种不怎么光彩的事。

吉登立刻了解到她口气中的意思以及紧张的气氛。他对布丽塔微笑一下，仿佛什么事都没发生，仿佛自己完全没有介入。

但是他听得非常仔细，也清楚见到了这一切。

爱情与控制。爱情与监视。一体两面，密不可分。

本杰明早该知道，别人对他们的言谈举止可都看在眼里。在这种情况下，他应该乖乖听母亲的话，不要做无意义的抗辩。拜托，她可是他的母亲哪。然而，他仍旧轻声细语，仿佛理所当然地说："不，不行。他现在正在煮饭。"

布丽塔为儿子的举止感到羞愧不已，脸红得像西红柿。他真是不知羞耻，真是丢人现眼。她羞愧地朝吉登投去一瞥，出乎她意料，他竟微微露齿一笑。难不成他在暗自窃喜？吉登突然发现她正在观察他，马上又装得一本正经，神色肃穆，开始整理桌上的东西。

布丽塔用眼神搜寻丈夫的身影。现在，她真的需要他出面。他才是一家之主。他肩上负担着上帝所托付的使命。

英格玛刚与另一位资深教友谈完话，来到妻子面前。

她低声解释刚才与本杰明的小争执。

"我实在很不喜欢他的这个室友，拉斯穆斯，"她低语道，"他是叫这名字，没错吧？就算他是教会弟兄，这样也有点太过了。"

英格玛毫不迟疑。他的声音非常有威严，所有人听得一清二楚。

"是啊，本杰明，这个拉斯穆斯，他怎么都不跟你到教会来？"

这下轮到本杰明脸红了。他非常清楚，旁人都在听他们说话。

"爸！他现在不到教会来，行吗？"

隔天，父亲针对本杰明的所作所为怒斥了他一顿。本杰明这辈子还没被父亲这样当面斥责过。

他现在住的地方，那个叫拉斯穆斯的室友，那些只配称为"凡夫俗子"的酒肉朋友，让他对教会的投入越来越少，信念越来越犹疑——这些通通是父亲怒斥的对象。

"对，你没听错，你正在犹疑！不要因为我没说，就以为我什么都不知道！"

"爸，你人最好了，我求求你……"

"本杰明，我现在一点都不好。这件事非常严重，我命令你，现在就给我听话。"

本杰明一语不发。

父亲继续说教："你以为通往永生的狭路，与通往毁灭的康庄大道之间，真的有第三条路存在？那你就错了！本杰明，你别以为犯点小错能不露馅，稍微尝一口能不吞下，这种想法完全是不切实际的。我可以告诉你，想要这样做的人，都会'进退失据'。他们一面侍奉真主耶和华，一方面又渴望尝试各种世俗的诱惑，从精神上来说，本杰明，从精神上来说，这会导致全面毁灭！"

父亲是如此震怒，以至于在房里来回走动，久久不能平息。

"我亲爱的孩子，"随后他大声喊道，"只要我们顺从自己的缺陷与欲望，这些欲望就会越来越强。人心是诡诈的，绝对不会浅尝即止。你读过《耶利米书》第17章第9节，人心只想尝试更多的诱惑。本杰明，你要当心！你一定要当心，不要被自己的心给左右了！"

本杰明听了不由得打了个冷战。现在他的心里只住着一个人，那人叫拉斯穆斯。

他应该现在摊牌吗？他应该承认这一切吗？他是否应该趁现在让父亲暴跳如雷，然后一了百了？

他非常犹豫，数度欲言又止。呼吸越来越沉重，仿佛随时要爆发。

父亲显然完全没发现，他已怒火中烧。他已经火冒三丈。

"只要我们一偏离精神的正轨，我们就会受到世俗力量与诱惑的左右。你可以去读《希伯来书》。本杰明，你自己可能没发现，但你的精神已经偏离正轨了，你开始倾覆了！"

本杰明更加剧烈地喘息着。就是现在，说啊。

他猛然站起身来，打断父亲的话。但父亲坚决不让步，他不允许被人打断。想打断他说话？门都没有！

"就是这样，倾覆！我看你好像很生气，你竟然想顶嘴！也许你自己不信，但我和你妈妈都注意到了。我们可是你的亲生父母啊！我们都发现你不对劲，我们非常担心！

"对于各种时尚新潮的玩意儿，我们或许所知不多。但是，小子，只要谈到那颗诡诈的心，我们的经验绝对比你丰富。我们吃过的盐，可是比你吃过的饭还要多！"

"爸爸，我……"

父亲根本充耳不闻。

"我跟妈妈只想帮助你，你最好明白这一点！就像箴言上写的，引导你的心，朝永生的道路前进！引导你的心，朝永生的道路前进！"

父亲说到激动处也站起身来。父子俩四目相对，互不相让。

本杰明再度欲言又止。

嘴唇动了动，话却还没说出口。

他发不出声音，说不出话来。

他急促地呼吸着，仿佛快断气一般，但眼神已不再专注。他想说的话，本来都已经到了唇边，却没说出来。

他缓缓闭上嘴，重新将自己最大的秘密压下去。

他可以清楚感受到，自己那颗诡诈的心，正在笔挺的白衬衫下剧烈地跳动着。

傍晚，拉斯穆斯与本杰明吃着晚餐，两人一语不发。

本杰明注意到拉斯穆斯手上有个东西，好像是一处脏迹。

"那是什么？"他问拉斯穆斯，朝他的手指了指。对方一时还没会过意来。

"什么？"

"你手上是什么东西？"

拉斯穆斯伸开手掌，瞧了瞧。手掌上写着：吉尔，416702。

"哦，你说这个啊？没什么，一个电话号码而已。"

拉斯穆斯耸耸肩。

"是谁的号码？"

"不就是吉尔的号码吗？只是我遇见的一个男生，他希望我之后打给他。"

"你把它写在手上？"

他们继续用餐，一语不发。本杰明顿时觉得食不下咽，嘴里饭越塞越多。实在不应该变成这样的。

所有人都到齐了：保罗、班特、赛尔波、拉许欧克、拉斯穆斯与本杰明。他们先是在提米夜总会喝酒，然后转进一家男同志迪斯科舞厅。这家舞厅的名字叫"五彩碎花"，位于格雷夫·图勒街，东矿广场附近一条较阴暗破落的小巷内。

　　欧克伯父一如往常坐在内房角落，手里的酒杯哐当响着。穿着也一如往常，西装笔挺，内搭背心。他习惯称他们是"小朋友"，看他们进来就友好地点点头。

　　保罗与赛尔波都迎上前去，热情地拥抱他，让他喜滋滋的。保罗心想，大家窝在这里也好几年了，总该问候一下、打打招呼吧。

　　本杰明刚问过大家想不想买点喝的，现在已经挤到吧台前排队。

　　他们都注意到，酒吧里其他的人都色眯眯地打量着班特。他们想必已经看过或听闻过他主演的电视剧，一眼就认出他了。

　　这使班特更显得特别。毕竟，没几个出现在电视上或广播电台的名人会以行动证明，自己是同性恋。

　　杨·哈玛伦德算是一个例子。那位曾经主演著名电视剧《回家》^①、一炮而红的卡尔英瓦·尼尔森也算一个例子。除了他们以外……还有谁呢?

雅各·达林曾经接受《革命》的专访,照片中的他戴着一顶怪帽子,活像装新鲜水果用的纸箱。不过,从来没有直接证据显示他也是同志。

其他已被确认属于同性恋"大家庭"的名人还包括伊娃·达尔格林与雷纳·史汪恩,不过他们可是低调得不得了。赛尔波说伊娃·达尔格林有点怪异:多年前,她曾在解放运动的庆功宴上献唱一曲,但之后又好像把自己锁回衣柜里了。

更不用说克利丝特·琳达罗丝^②这个被誉为"全瑞典最美丽的女人"的家伙了。

要是你问他,是不是同性恋,他可不会理你。

因此,像班特这样已经在电视、电影圈小有名气的人,会大大方方出现在提米夜总会,真令人大开眼界。这其实也没那么奇怪,他在一炮而红以前就是提米的常客了。

"对了,他们打算把南站旁边那个大洞填补起来,整顿整顿。你们听说过没有?"

拉许欧克堪称斯德哥尔摩的万事通,他兴致勃勃地问大家。

"你说那个垃圾坑啊?"

①《回家》(Hem till byn),瑞典国家电视台于1971至2006年播出的影集,也是瑞典有史以来历久不衰的电视影集。
② Christer Lindarw(1953—),瑞典知名服装设计师,人妖秀节目《黑夜之后》的主持人。

"对啊，差不多。他们说，要把那里变成斯德哥尔摩的曼哈顿。"

"老——天——爷！"保罗喊道，"我也看到了，听说会有摩天大楼，还有一堆店呢！那里以后会很漂亮哦！"

"真的？"

"看来会是三十层的大楼。"拉许欧克说。

"是，是，是，"保罗漫不经心地应着，"会很漂亮哦！"

提米夜总会位于南岛区的公民广场与马利亚广场之间，斯德哥尔摩南站也在这附近。长期以来，这区一直是都市计划中的烫手山芋。

这个街区里有好几个垃圾坑，夜幕一降临，成群野狗就围在这里觅食。道路甚至没铺柏油，更别说照明设备了。整个车站活像一座横跨铁轨的天桥，直通月台的阶梯相当丑陋，仿佛蜘蛛细长的脚，只有通勤区间车会在月台停留。

本杰明端着一票人的啤酒走来，将酒杯、酒瓶与托盘放在桌上。

"你们在聊什么？"

"南站啊！"班特插嘴，"嘿，我16岁的时候就在那里被老头搭上过，代价是50克朗。"

"恭喜！"保罗反应很快。

所有人哈哈大笑，唯有本杰明叹了一口气，愁眉苦脸。

"喂，你现在是怎么啦？"拉斯穆斯火冒三丈。

他推了本杰明一下。

"不要推啦！"本杰明杯中的啤酒洒在自己的牛仔裤上，火冒三丈地顶回去。

"我还是青少年的时候就在克拉拉教堂北街混了。"班特继续吹嘘自己辉煌的历史。

"就是啊,"保罗打断班特的话,对拉斯穆斯眨眨眼,仿佛另有深意,"世界这么大,还真有那么个维姆兰小子,恰巧在那里被我碰上!呵呵!"

本杰明呻吟一声。

"好了,不要再说啦!"

"行,行,行,"保罗不耐烦地摇摇手,"可爱的本杰明小弟弟,我只是要告诉你,拉斯穆斯和你结婚时,绝对不是处男身就是了。"

这并不好笑,但大家还是哈哈大笑。

就是这样。保罗动动嘴巴,所有人跟着哈哈大笑。他玩的,不过就是用那些万年老梗挖苦别人,一次又一次地使用同样的招数。

本杰明彻底厌倦了这群人,以及他们千篇一律的笑声。每次都要高呼"解放运动万岁",假清高个屁啊!

他现在竟然跟这群人鬼混,竟然选择放弃进入永生殿堂的机会。爸妈要是看到他现在这副鬼样子,保证将他碎尸万段。他想都不敢想。

"各位!我说,各位!"班特又躁动不安起来,"让我把故事说完嘛!有天晚上,警察来了,杀到克拉拉教堂北街。要死了!我马上跳进其中一辆车,直接就说:'快开啊!我要你!我好想要你，快开车啊！’”

他努力模仿娇嗔的娘娘腔，大家好像事先说好的一样，又大笑起来。

"然后，我抬头一看——天哪，不看还好，一看竟然是个脏老头，至少有60岁吧！干！"

班特又爆笑开来，笑到岔气，可是每个人都看得出来，他笑得很紧张，很不自然。

但他就是控制不住。他的身体边笑边摇晃，让他顿时变得非常没吸引力。

"好了，各位，听我说，"本杰明好不容易插上嘴，努力和颜悦色，保持轻松的语气，让自己不要大发雷霆，"我实在不太想听这些东西，能不能请你们……"

班特正说得兴起，继续高谈阔论，哪管本杰明抗议。

"不知为什么，这次我记得特别清楚！我坐着抽烟，朝窗外瞧，老头把车子停在南站旁边，直接占有了我！"

然后大家又笑了！哈哈哈，哈哈哈！

整天只会讲这些，占有他人又被他人占有，然后像傻子一样哈哈哈。性交的经验越肮脏、越恶心，他们就笑得越大声。这样很好玩吗？

"喂！"本杰明大吼道，声音震耳欲聋，"闭嘴！拜托，闭嘴！一定要这么恶心吗？一定非要占有不可吗？"

所有人顿时陷入一片死寂，瞧着脸红得像西红柿的本杰明。然后，保罗轻佻的一句话，就将他的抗议化为乌有。

"没错，我的小心肝，我们就爱那样，不然你想怎样？"所有人再度哄堂大笑。

拉斯穆斯气急败坏地对着本杰明耳语："不要跟老太婆一样乱说话好不好！很扫兴啊！"

班特边笑边继续讲自己的丰功伟业。本杰明不屑地瞧着这位朋友，觉得他笑起来真是难看死了，活像一匹嘶叫个不停的驽马。但是下一秒，班特变脸比翻书还快，他失去控制，声音一沉，竟像要号啕大哭起来。

"反正，我记得，那时我只是坐着，望着熊园街的出租公寓，一楼公寓的其中一扇窗户，里头灯亮着，我的初恋情人就住在那里，他当时就在那里，我应该去找他的！可是我只是坐着，被恶心的糟老头占有，还真荒唐！你们说，是不是很荒唐？我真的，真的……好不甘心……"

班特沉默下来，紧抿着下唇。一切突然变得不好玩了。不应该这样的，他最初开口就是为了搞搞笑，当当小丑，不是来这里哭丧着脸的。但有时情况就是会变成这样。

其他人交换了一下眼神。大家都习惯了，也都能感同身受。

就像玩平衡木一样，难免会踏空、跌倒、摔跤……

拉许欧克抓起班特的酒杯，声音平静异常："我想，我们的明日之星今晚不会想再喝酒了吧。"

班特突然挺直了腰杆，双手合十、面露喜色。

"大楼里还有一家精神科医院，还有狼狗在外面看守！"他眼神一亮，愉悦地叹息一声，美好回忆历历在目，"我几乎要忘了……"

忽然，他转向本杰明，口吻简直不可理喻，是要挑衅，还是要献殷勤？是挑逗，还是只为了告诉本杰明，自己也受得了苦？

"最糟的是，这些臭老头老问我叫什么名字。你懂吗？就像嫖客问妓女的花名一样！"

保罗翻了个白眼。

"老天爷，你这小公主病啊！被你讲得像世界末日一样！在座各位谁不是三不五时被臭老头占有？这样会死吗？班班，你这小心肝，你怎么跟他说的？"

班特露出一个微笑，又演起欲火焚身的小娘娘腔。"我叫汤玛斯，我好……爽……"

所有人哄堂大笑。危机解除了。

"喂，本少爷的酒杯跑哪儿去啦？"

班特这时才发现，拉许欧克喝了他的酒。他脸色顿时一沉。

"你好大的胆子，敢喝我的酒？"

拉许欧克羞赧不已："噢，我只是……喝一小口，对不起……"

"怎样？"赛尔波插嘴，听起来非常不爽，"他喝过，你就不喝啦？啊？"

大家看着班特。他犹豫不决。

黑死病的阴影再度笼罩着他们，就像楔子一样，越收越紧。

所有的信息，都是双重的。

《快捷报》写道："每五个有性行为的同性恋者，就有一人染病。"《今日新闻》更用了一整版，刊登一个匿名而猥琐不堪男性的背影，搭配两行冰冷且毫无感情的大字："半年内，瑞典境内艾滋病例呈倍数增长。他，只求活命，痛悔年少轻狂。"

另一方面，医学界试图放出信息：正常情况下的社交行为，不会传播艾滋病原，更不会通过食物与空气传播。

可是，要怎么知道会不会传染？众说纷纭，到底该相信谁？

5月24日的一篇访谈中，研究人员保证："没有证据显示蚊虫会传播艾滋病原。"然后不到一个星期，《快捷报》又刊出斗大的头条：《蚊子会传播艾滋病！》

内页照片是一只又大又肥的蚊子，好不吓人！

《今日新闻》则在5月15日写道："只要病患轻轻咳嗽一声，其他人不小心吸进空气中的飞沫就会感染艾滋病。"

才不过一个礼拜，该报又写道："上星期，关于艾滋病会通过飞沫传染的报道披露后，大众陷入歇斯底里的恐慌状态。报社对此郑重声明：关于唾液会传播艾滋病，纯属无稽之谈。"

一下这样，一下那样，他们该相信谁？

最后还是保罗拿起酒杯。

"干，你们这些笨蛋。喝就喝，有这么难吗？"

他一饮而尽，涓滴不剩。

然后将酒杯锵一声放回桌上，擦擦嘴角。

"真好喝！走，我们上'五彩碎花'去！"

一进舞厅，保罗与赛尔波立刻见到几个熟人，瞬间消失在人群中。拉许欧克已过了在夜店打滚的年纪，选择早早回家休息。班特烂醉如泥，根本无法交谈，自顾自乱无章法地跳着，醉到连眼皮都睁不开了。

最后只剩拉斯穆斯与本杰明，出双入对地在舞池里跳舞。但是，拉斯穆斯却在跳舞时，非常大胆地和旁边一个男生眉来眼去，调情起来。

这下本杰明真的火了。为了宣示主权，他搂住拉斯穆斯，亲吻他。

仿佛郑重地宣示主权：拉斯穆斯是属于他的！

然而拉斯穆斯对他的微笑视而不见。

他们继续跳舞，但是拉斯穆斯毫不顾忌地一直朝另一个人靠拢，几乎整个人背对着本杰明。

本杰明感到自己被狠狠推了一把。

更令人不爽的是，对方看起来扬扬得意，嘴角泛着胜利般的微笑，然后更变本加厉地对拉斯穆斯上下其手。

恬不知耻的混账，本杰明轻蔑地想，无耻，下贱，不要脸！

就像拉斯穆斯一样无耻，一样犯贱。

本杰明还有点羞耻心。要是他碰到这种状况，早就无地自容，甚至切腹谢罪了。

拉斯穆斯的爱原来这么廉价，这么随便。

他更为自己感到可耻，都被戴了绿帽子，怎么还像个傻瓜一样继续待在舞池里？光是待在这里就够羞辱的了。

这种不道德的场所！

真正的基督徒不会因为其他人不是信徒，就觉得大家通通都是不道德的败类。可是……搞成像现在这样呢？

从舞池地板冒出的烟闻起来像薄荷脑。各种颜色的灯光在烟雾里来回穿梭闪动，赤裸、大汗淋漓的身体紧密相靠，五光十色，声光弥漫，令人昏幻。舞池上净是不认识的陌生人，紧贴着彼此肌肤，享受黏腻体液交融的莫名快感。

这并不是他当初想要的。

事实证明，父亲还是对的。嘿，他究竟以为自己在做什么？

这种双面人的游戏铁定无法持久。通往永生的羊肠小道，以及驶向毁灭一途的康庄大道，只能二择一，没有所谓的"中间路线"。

一方面他想在真理与光明之中体面地保存自己的良善；另一方面却又想从无耻、败德的烂泥当中汲取所有养分。这一定行不通的。

父亲早就说了，要相信人会浅尝即止，而不将罪恶全盘吞下，简直就是幻想，不切实际。

本杰明自嘲着：你不是很想要这一切吗？现在梦想成真啦！快把这一切整个吞下去啊！

不一会儿，拉斯穆斯来到吧台，跟刚才在舞池里搭上的陌生男子热切交谈着。两人像磁铁一样互相吸引，凑在对方耳朵旁大声嘶吼，以盖过震耳欲聋的背景音乐。

不知不觉，两人开始嘴贴嘴，欲火焚身地舌吻起来，欢笑着，不住地爱抚、触摸对方美妙的身体。

本杰明的理性终于断线。该死，他要打断这阵笑声！这阵无聊、莫名其妙的笑声！

拉斯穆斯的双手在对方身上尽情逡巡，从颈项、背膀，一路向下探索，寻寻觅觅，终于探到对方的私密之处。

本杰明站在他们旁边，像傻瓜一般睁大眼睛，瞪着他们。他妒火中烧，却只能被动地期待男友赶快回头，早早收拾这场和陌生男子的调情烂戏，重新投入他的怀抱，确认他的地位。

拉斯穆斯一定看到自己被冷落一旁。他总不会是……故意的吧？

他上前抓住拉斯穆斯。

"好了，走了！我想回家，我累了。"

拉斯穆斯愤怒地哼了一声，用力挣脱。

"我不想走。"

"可是，我不想……"

"你不想怎样？"

是啊，他到底不想怎样？他不想要的太多，多到他不知道如何开口。

他不想待在这里，不想看到拉斯穆斯像个廉价的小骚货，犯贱地出卖自己的爱。这些臭男人，每个都烂醉如泥，乱七八糟，他们以为自己是谁啊？他不屑与他们为伍，不想站在他们中间，以为自己解放了？被解放了？嘁，这算哪门子自由？

他不屑这种自由！

"说啊，你到底不想怎么样？"拉斯穆斯边嘶吼，边对陌生男子眨眼，仿佛在炫耀自己能够玩弄本杰明于股掌之间。

"我不想一个人骑车回家。"他只能挤出这句话，然后低下头去，感到可耻极了。

"哟，这家伙是谁啊？"陌生男子对本杰明不怀好意地狞笑。

拉斯穆斯直视本杰明，从里到外，将他瞧了个仔细。

"那家伙啊？没什么，什么都不是。"

现在，我在我爱人的生命里，依旧什么都不是。

但我不想这样。

拉斯穆斯揽住陌生男子的腰，将对方拥入怀里，仿佛在炫耀自己的权力。

本杰明顿觉眼前一片黑暗。他转身离去。

离去时，怒急攻心的他撞见保罗和赛尔波，连打招呼都免了，他一心只想摆脱这些浑蛋。他觉得自己真是丢脸到极点，只想马上离开这里。

"你急什么急啊？耶稣又降临了吗？"保罗还没察觉到严重性，只是一味鬼扯。

本杰明愤怒地将保罗一把推开，不想再听到笑声，不想继续被羞辱。

他拉开男厕的门，其实他也不知道自己为何要进去，更不知道进去要干什么。本来的决定很简单：马上离开这鬼地方，回家睡觉。但现在，他站在厕所里，靠在洗手台边，鼻息沉重，瞧着镜中的身影。他鄙视自己。

无耻，不要脸的东西！

扫罗写给哥林多人的书信，就是这么说的："最优秀正直的人，也会马上毁于损友之手。"

若是一两年前，他还能够问心无愧，大声说出这段话。现在呢？他堕落了，彻底堕落了！

现在怎么办，还要再试一次，把拉斯穆斯带回家吗？这就是自己还没离开舞厅的原因吗？

舞客零零星星走进厕所小便，对他投以异样的目光。

本杰明瞧着镜中扭曲的自己，两个臭娘炮站在他背后，嚼着口香糖，死盯着他。

他们看到的，他也看到了。

哟，好像有人不太合群啊？

有人好像来错地方啰？

一个任由诡诈的心摆布、彻底倾覆、彻底迷失的可怜虫。

就是那颗诡诈的心，那颗使他彻底毁灭的心。

别狡辩，事实就是这样。

毁灭。

他想对着所有浑蛋大吼：狗娘养的，你们都会下十九层地狱！

血液直冲脑门。他突然猛力一拳揍向镜中的身影。

背后两个娘娘腔竟被吓到娇喘起来。

玻璃应声爆裂，鲜血将白瓷砖染成殷红色。

他的鲜血。

被玷污的鲜血。

他把手伸到嘴巴前，吸吮起来。

舌尖尝到鲜血的味道，淡淡的，甜甜的。

他的血究竟还纯不纯净，他已经不知道了。

他只知道一件事：人不可能浅尝即止，

一旦起了头，就只有吞下一切。

早晨，本杰明醒着，侧躺在床上，背对着房门。

他整晚保持这个姿势，彻夜未眠。他草率地用毛巾包住受伤的手掌，渗出的血很快又将毛巾染红。伤口持续隐隐作痛。

他两眼呆滞地望着墙壁，枯等着。

总算回来了。

钥匙在锁头里转动，门开了，拉斯穆斯回来了。

他以为本杰明在睡觉，不敢吵到他，蹑手蹑脚地开始卸装更衣。他浑身散发着浓厚的烟味，满身酒臭。

本杰明不动声色，假装没发现拉斯穆斯。房间里一片昏暗。百叶窗的缝隙透进一线晨曦，在墙上留下一处亮点。他紧盯着这个亮点。

"你醒了吗？"

拉斯穆斯轻柔的维姆兰省口音，含情脉脉。

本杰明冷淡以对。

"那个男的呢？你跟他完事了？"

"是，"拉斯穆斯简短地说，"我跟他完事了。"

拉斯穆斯全身感到刺骨的凉意，立即缩进棉被，贴近本杰明，从后方用双手环抱住他，一把将他揽进怀里。

面对如此柔情，唯有铁石心肠才能不为所动。

两人静默无语，躺了好一会儿。本杰明默默咀嚼着拉斯穆斯的话。

又来了。又跟别的男人"完事"了。这回的对象是在"五彩碎花"遇见的陌生男子。

跟别人调情，将他冷落一旁。

拉斯穆斯试图入睡，但就是睡不着。男友的身体紧绷，冷硬如铁。他不堪疲倦地叹了一口气。这种事，发生过太多次了。

"你知道，我希望自由恋爱……"

"自由？什么样的自由？"本杰明不假思索地反问。

他的声音断断续续，仿佛抽噎着，听起来像是受到严重的伤害。

"自由？难道你不要我了？"

拉斯穆斯感觉到本杰明包扎着毛巾的手不住地颤抖。他用手肘抵着床面，坐起来，不安地喊道："老天，你的手怎么了？"

对于男友突然关心起他来，本杰明刻意听而不闻。

对，没错，听而不闻。

他笼罩在一片黑暗中，就是不愿和解。他就像被人从井口抛下一样，水滴声清晰可闻，四周墙壁迎面而来，举目所见净是一片黑暗。

"你不是说我什么都不是？"

拉斯穆斯又叹了口气，明知自己理亏，却仍试图将本杰明的怒气草草应付过去，紧紧将他搂进怀里。

"我是说我自己什么都不是！现在，给我说清楚，你的手到底是怎么搞的？你的手在流血！"

"我把你的名字写在手上。"

本杰明很清楚，自己原本帅气的脸，早因为痛苦愤怒而扭曲变形。这毕竟不符合他开朗的天性。他将隐隐作痛的手抽开，他不希望拉斯穆斯现在才来关心他，体贴他。

两人身体紧紧相拥，却不发一语。

总有人必须开口，只是双方都在迟疑、观望、等待。

两人均匀规律的呼吸竟显得如此协调，但脑袋里想的，只有如何找台阶下。

总得有人开口。最后是拉斯穆斯打破沉默。

他的口气听来沮丧，却冷淡得仿佛事不关己。

"要不然，我们分手好了？"

一片死寂。

其实拉斯穆斯比谁都害怕，但他还是开口了。他不想分手，但他却先说出口了。

他不想分手。也许，这只是为了测试本杰明的忠诚度。但此刻他累得要命，头隐隐作痛，完全无法仔细思考，只想倒头就睡。

其实，他比谁都懊悔昨晚的一切，懊悔昨晚把男友晾在一边，只顾着和别人调情。他多么想道歉，歉意仿佛就要脱口而出：对不起，我好难过，我真的错了。对不起……

“要不然……我们分手好了？”

本杰明终于开口：“不，不要。”他听起来非常震惊。

“哦？那就这样吧。对，那就这样吧。”

他们一直紧紧拥着彼此，但本杰明突然从对方怀抱里抽离，坐起身来，愤怒地哼了一声。

“你到底想怎么样？现在把我甩了吧，就这样啦！”

拉斯穆斯也强硬起来，脸面向墙壁，从本杰明身旁挪开。

“对，我不知道！”他学母亲噘起小嘴。老妈每次生气时，必定噘嘴。

本杰明下床，迅速穿好衣服，一语不发离开公寓。

拉斯穆斯也下了床，直接抓起香烟，点着。

他伫立镜前，一如往常，审视自己在镜中的身影。整个人贴在镜前，将整个世界封闭起来。

镜中的他面目狰狞，全无血色。

这世界上，已经没有本杰明，也没有其他人了。甚至连他自己也不存在了。

他像吵架吵输了的小孩，耸了耸肩。对着玻璃呼气，在镜面雾气上写下自己的名字。

他每吸一口烟，火光就闪动一次。

他的鼻息、雾气里的名字，一切都只是镜像，就像以前一样，终究会慢慢消失。

香烟在阴暗中闪动着微光，好似风中残烛，犹如愁眉不展、奄奄一息的灯塔。

这时，一封信从门板的送信口投入，悄然无息地掉在地板上。

镜前的拉斯穆斯转身一看，那封信静静地躺在地板上，白色的信封闪闪发亮。

本杰明走在人行道上，步伐缓慢，踌躇不决。最后，他还是下定决心，回家。

回到真正属于自己的家。

他已经准备向父母认错，他一路堕落，几乎就要倾覆，但现在总算在最后一刻悬崖勒马。

只要他诚心诚意道歉，爸妈没有理由不重新接纳他。《圣经》里浪子回头的故事，不就是这样？只要愿意回头，诚心改过，家门永远为他敞开。

当他来到熟悉的家门前，却停下脚步。

他想按下门铃，却还在迟疑。

这种感觉好像执行任务时，站在别人家的大门前内心翻腾的煎熬与挣扎。

"您好！我叫本杰明·尼尔森，我是耶和华见证人。"

门后突然传来妹妹的声音。

"妈，我要出门了。"

"好的，宝贝。"

玛格丽特和妈妈正在交谈。

他听见门锁转动的声音。妹妹即将出门。不知怎的，他竟拔腿就跑。

他实在不知道为什么，只想赶紧逃离那个地方，不想被妹妹看见。

拉斯穆斯弯下腰，捡起信封。检验结果终于寄来了。

信上除了收件人地址，没有其他信息。他不胜惊讶地瞧着信封，还将它倒过来翻过去好好瞧了个仔细。

然后，打开信封，开始读信。

本杰明又经过西桥，步伐迟疑，非常踌躇。

他实在拿不定主意，觉得自己现在简直怎么做，怎么错。不管他怎么做，总是无法保持平衡，难逃被撕裂的命运。

一切全乱了套，正在离他远去！是的，一切！

他在桥面最高处停下脚步，环视城内：市政厅、梅拉伦湖北岸、梅拉伦湖南岸、骑士岛、水闸门。他靠着栏杆，凝视着下方深暗的湖水。

"从这里掉下去，会不会死掉啊？"

7岁的他站在那名俯视湖水并看起来绝望不已的成年男子身旁。

父亲站在对面。

"本杰明，我想我们不必知道这个。"

本杰明摇头低语："耶和华……我在坠落……"

拉斯穆斯听见门开了，听见本杰明在叫他。

声音仿佛来自不知名的远处。

他选择不回答。距离太远，他怎么喊，对方都听不到的。

他想，本杰明一定觉得被骗了，搞不好会以为拉斯穆斯也离家出走了？整栋房子一定是空空如也？

"拉斯穆斯？"他又听见本杰明在喊他。

他几乎出自本能，不由自主地发出一声哀号。

本杰明闻声打开浴室的门，看见拉斯穆斯坐在浴缸旁的地板上。

他看见拉斯穆斯手中的信。

那封来自南区医院同性恋医疗中心的检验结果。

本杰明一头雾水："你坐在这里干什么？"

拉斯穆斯提高音量，将信又读了一遍：

"'敬启者（1986／284420）：您于今年5月5日于本中心接受HIV带原检验。很遗憾，我们必须通知您，检验结果呈阳性反应，您已被感染。我们诚挚地希望您尽快与本中心联系，或亲自前来本中心，我们将与您进行深入恳谈，并为您提供一切可能的协助。您的面谈时间为：5月20日（周二）上午8点30分，将由专业医疗顾问珊德拉·琳德罗丝与主治医生亚恩·哈特与您进行访谈。'吧啦吧啦……'祝好，内科助理医生佛雷德瑞克·尼尔森'。"

拉斯穆斯瞪着本杰明。

　　"你说，怎么会有人姓帽子①啊？"他绝望地吼道，"不可能有这种名字的！不可能！"

　　本杰明向后踉跄一步，退出浴室，双手不住地颤抖，努力想抓住什么东西。眼前的地面仿佛裂开一道万丈深渊，他直坠而下。

　　"上帝啊……"他喊道，"耶和华啊……"

　　你别以为可以浅尝即止。你躲不掉的。给我全部吞下！

　　拉斯穆斯惊慌大叫。

　　"别走！"

　　但本杰明早已逃之夭夭。

　　拉斯穆斯缩在浴室地板上，就像母亲子宫内的胎儿，绝望地将医院的通知书抱在怀里，整个人越缩越小。

　　尖叫。

　　叫喊着本杰明的名字，喊着爱人的名字……

　　这次本杰明终于下定决心：回家。

　　不要停，一秒钟都别停。他在跟时间赛跑，这攸关他的人生。

　　他敲过的门，做过的自我介绍，他的名字，他是谁。

　　哦，对，他已经开始跑了。不再迟疑，不再踌躇，不再逡巡。

　　他正在与时间、空间，与自己的生命赛跑；跑过每一扇敲过的大门，以及漫长追寻过程中的每一刻。

---

① Hatt（哈特）在瑞典语中是帽子的意思。

他没命地跑着，仿佛这场赛跑攸关生死。

现在，他知道了。其实他一直都知道的。

真理只有一个。

真理只有一个，而且是无价的。

本杰明再次站在父母家的大门前。

这次，他不再迟疑，焦急不耐地猛按门铃。按门铃还不够，他敲门，捶门，最后甚至开始撞门。

对，又捶又撞！

布丽塔前来开门，手中还拿着一个小汤锅在搅拌着。

本杰明上气不接下气，直接冲进门，也没问候母亲一声。

布丽塔看到缠在儿子右手掌上血迹斑斑的毛巾，不由得惊叫一声。

"本杰明？你的手怎么了，发生什么事了？"

本杰明面无血色，气喘吁吁。他直接承认了。

"我是同性恋。"

有那么一刹那，母亲停止搅拌汤锅里的食物，瞪着自己的儿子，不敢相信。

片刻后，她继续搅拌手中的汤锅。

"这样啊？你确定？"

然后，自顾自地走回电炉前煮饭，不愿再多说什么。

本杰明紧跟在后。

"我从小时候起就知道了。"

母亲恼怒地搅拌着汤锅。

"也许吧。但我对你感到失望，非常失望。"

她转身面向儿子。

她的表情，仿佛想把本杰明生吞活剥，仿佛他是杀人如麻、十恶不赦的大坏蛋，即将面临法律制裁。

"这总是可以控制的，"她非常气恼，"很多人也曾经有同性恋倾向，他们最后还不是走过来了？"

她打开橱柜，取出胡椒粉，气愤不已地洒着，然后再次转身，口气开始软化。

"你不是跟我们教会里一位姐妹相处得很愉快吗？我忘了她叫什么名字……"

"不，妈，你不懂，"本杰明插嘴，"这是我自己选择的。"

他在餐桌前坐定。

"妈，我已经和人通奸了。可是我没有感到自己犯了罪，我没有感到罪孽，也不觉得需要忏悔。"

母亲仿佛没听到他的话，看着锅里的食物，气急败坏地喊："哎呀，烧焦了，不能吃了！"

她把汤锅里的所有食物倒进水槽，然后哐当一声将汤锅扔在水槽里。

接着，她平心静气地坐在儿子身旁，怜爱地抚摸着儿子的手，柔声说："本杰明，我和爸爸愿意帮你。我们愿意帮助你。你向上帝告解过了吗？"

本杰明选择说出她最不乐见的事实，彻底粉碎她的希望。

"我已经决定，从此离开教会。"

母亲不情愿地发出悲惨的号叫，像是手被炙热的火烫到一样，猛然站起身，椅子整个被掀翻过来。

"不！"她绝望地尖叫，开始感到无来由的恐惧，"不！胡说！你胡说！"

"妈，我没有胡说，"本杰明不胜悲戚地回答，不过，他的神志现在清楚多了。事情变成今天这样，他感到很难过，不过他已经下了决心。

"我知道自己有两条路可走。我可以留在教会，一辈子单身，膝下无子……"

母亲越来越绝望，几乎走投无路。

"你不会单身一辈子的！"

"妈，我已经找到我爱的人了。"

母亲竟然哭起来。

她弯下腰将翻倒的椅子扶起来，静静地坐下，毫不掩饰地哭泣着。

"你不会单身一辈子的……"她固执地重复着。

"我会尽快跟欧夫还有几位长辈好好谈谈。"本杰明继续说。

他把手搭在母亲肩膀上。"妈，不要再哭了！"

母亲阴沉地抬起头来，鄙夷地骂道："不然你要我怎么样？我应该笑吗？"

本杰明回家时，拉斯穆斯已经在床上躺平，一动也不动，眼神空洞，直视前方。百叶窗缝隙透进一缕阳光，在对面的墙壁上留下一个亮点。

拉斯穆斯紧盯着这个亮点。

本杰明躺在他旁边，没说话。

拉斯穆斯的口气生硬而沉重："你现在别碰我，你会被我传染的。我死定了，你千万别碰我。"

两人无言以对，缄默着，又过了好几分钟。

最后，还是拉斯穆斯先开口。他耳语道："所以……现在要怎么办？"

"我也不知道。"本杰明老实地说，轻轻摇摇头。

随后，他轻柔而坚决地搂住自己的爱人。

"我也不知道……可是我知道，现在我想要你，我就是想要碰你……"

他办到了！演出还没结束，他就知道自己办到了！

这趟不可思议的旅程，就从汉玛滩开始；原本陌生的语言在他心中潜移默化，终于变成他的母语；他亲手征服了这片新天地，彻底将剧院、同性恋社交圈，直至整座城市变成自己的地盘。

他的朋友们就坐在观众席的中央座位。舞台灯非常刺眼，他看不见他们，但他知道他们就坐在那里：他爱他们，他们更爱他。保罗一定觉得表演无聊极了，没有高潮，一点都不光鲜亮丽，演员在台上走来走去，无病呻吟，到底在演什么？也许，第一幕还没演完，他就已经百无聊赖地靠在赛尔波、拉许欧克或者拉斯穆斯身上，不耐烦地抱怨戏怎么还没演完。

赛尔波一定这样咕哝地回答保罗："拜托，人家拉许欧克的瘦屁股痛得要命，都没在抱怨，你在鬼叫什么？"

但他们都为了他，坐在那里，为他打气。

现在，他一枝独秀，剧场唯一的光柱投射在他身上。他的眼里闪动着渴望、思念与无尽的哀愁。台词侃侃从他双唇间流泻而出，浑然天成。

就像一位客座教师提过的，演戏的窍门，在于不抢台词，不添油加醋。

"演戏还不简单！台词怎么写，你就怎么讲！"

随后，她两眼朝天一望，补上一句："各位，看在上帝的分上，记得多放点感情进去，把子音发清楚……"

此刻，他就是康士坦丁。

别紧张，不用刻意显示或证明什么。自然就好。

当他转向饰演女主角的玛格达莲娜时，一切条件皆已具备。

"你们已经找到方向，知道要往何处去。

"但我还在与迷惘、梦境与幻觉奋战，我不知道，这一切究竟有什么用……"

医生来到候诊室。

"班特先生？"

班特起身，随着医生走进另一间较小的房间。医生转过身来，带着鼓励对他点了点头。班特觉得，他今天心情一定很好……

数个月来，他们为了毕业公演精心策划、准备，心中既期待又怕受伤害。重头戏已经接近尾声，好戏即将告一段落。饰演朵恩的男孩拦腰抱住饰演提哥林的男孩，将他带到舞台边缘处，说道：

"把伊琳娜·妮可拉耶夫娜带走吧。

　　"事情就是这样：康士坦丁·格理洛维奇举枪自尽了……"

　　灯光熄灭。一片黑暗。

　　医生坐在书桌前，对班特点点头："请坐。"

　　班特随即坐下。

　　"我们已经收到你的检测结果。你选择以匿名方式接受检测，你的号码是……"

　　医生瞧了瞧手中的文件。

　　"……1987／037290……"

　　班特打了个嗝，吞了一口口水，紧张到几乎无法呼吸。

　　"那么，我现在要拆信封了……"

　　表演厅的灯全亮了。保罗伸伸懒腰，惊讶地四下张望。

　　"什么？演完了啊？不会吧？"

　　"是啊，不然呢？"赛尔波应道。

　　演员们走到台上，接受观众如雷的掌声，鞠躬答谢。他们微笑着，大汗淋漓，但快乐不已。

　　"安可！安可！"保罗喊了几声，然后转头对赛尔波耳语，"想想看！如果我们占有过一出戏的男主角，这出戏肯定好看得不得了。哈哈！"

　　"嗯，是呀。我同意。"

　　保罗继续鼓掌，同时不胜惊讶地瞧着赛尔波。

"你说什么？你也跟……班特搞过？"

赛尔波点点头。

保罗边笑边摇摇头："他真是个贱婊子！"

他们更加卖力、狂热地鼓掌。

医生手持一把小小的拆信刀，割开信封。

班特面无表情地瞧着医生。这个情景让他想到颁奖典礼，颁奖人割开信封袋，准备大声公布得奖人姓名。身为获奖提名人，他必须一本正经，装得若无其事。现在不就是这个情况吗？他知道，自己面无表情，一本正经，准备接受检验的结果。

演员们在后台紧紧拥抱，亲朋好友按捺不住，纷纷闯进后台，准备大肆庆祝一番。

保罗带头冲进化妆区，手中捧着一大束鲜花，像捧着奖杯似的。

"班特，我的小心肝！"

班特哈哈大笑："哎呀，怎么大家全来啦！"

他一一与所有朋友相拥。大家一再向他保证，整出戏真是好极了，他们的演出无懈可击。每个观众都觉得经历了一场极致的艺术洗礼。

班特的脸庞顿时容光焕发，双眼闪闪发亮。他一方面沉醉在赞美声中，同时用毛巾擦干额头涔涔的汗水。

突然，他听见有人在喊他的名字。

"班特？"

他眼神扫视一圈，才发现"克拉拉青年剧团"的导演兼艺术总监苏珊娜·厄斯腾正朝他走来。班特的表情像是中了头奖一样。

"嗨，苏珊娜！"他们亲切地问候彼此。

"你演得真是好极了！"苏珊娜表情真挚，不像是在说客套话。

班特几乎要喜极而泣。他可是苏珊娜忠实的仰慕者啊！泪水即将夺眶而出，他假装擦汗，用毛巾一再擦拭脸颊。

"谢谢，你真的这么觉得吗？"他尽量表现得沉着、稳健、充满自信。

"是的！你把男主角的野心演得非常、非常传神。我很喜欢。"

班特从眼角瞄到几个同学正朝他们这边望过来，还不时点点头。苏珊娜·厄斯腾特地上来和班特说话，却没理会其他人。他知道，这些同学既羡慕又嫉妒。

"你看见没有？"其中一人低声说。

"看见啦，"另一人无可奈何地叹了口气，"不过不意外啦，这家伙太厉害了，简直就是天生的演员。"

"……我必须很遗憾地告诉你，你的检验结果呈阳性反应。这代表你已经被传染了。"

先是一片死寂。然后，他猛地抽搐一下，仿佛直到这时才大梦初醒。

"是，是，我知道了。"

医生神色凝重地望着他，好像他也被这个噩耗吓到，正在斟酌该说些什么才好。

"是的。我知道了。"

班特到女生化妆室找玛格达莲娜。她坐在镜前，正在卸口红。

"你知道我刚才跟谁聊天吗？"他尽可能做到不动声色。

"不就是苏姗娜·厄斯腾嘛。风声传得很快，这你也知道的。"

班特忍俊不禁，狂呼起来。

"啊！太爽了！棒呆了！"

两人透过化妆镜审视对方的身影。她继续用棉花球把剩下的口红擦拭干净。

"现在，好戏才要开始！"她对他微微一笑。

班特再也无法掩饰心中那股解脱一般的狂喜。

"是的，宝贝！现在，好戏才要开始！"

"不管怎么说，目前的情况就是这样。我们必须立即对你的病情发展进行追踪，因此已经帮你预定了明天的回诊时间，届时会有专业的医疗顾问在场。"

"是，是。"

"为求百分之百确定，我们当然会重新做检验。理论上，这种检验还不是十分成熟，可能会出现误差。"

"是，是。真的吗？"

医生放下手中的文件，凝视着班特，将他从里到外瞧了个仔细。

"现在，你感觉怎么样？你还好吗？"

班特清醒过来，勉强挤出一点微笑，试着镇定下来。

"是的，没事，没问题。刚刚我有点头晕，没事的。"

他笑了起来，笑得急促，笑得很不情愿。随后，他站起身来。

医生也站起身来。

"有任何问题，欢迎随时打电话过来。值班室的电话二十四小时都有人接听。"

"不用，不用，"班特连忙制止医生继续说下去，"没事，真的没事。"

"你确定？"

班特又是一笑。这次笑得真挚多了，使人放心多了。

"当然啰。真的，没事的！"

"你回家以后，家里有人照顾你吗？"

"是，是，"班特只顾敷衍过去，"没问题的。"

班特下坡而行，来到宽敞的圆环路上，经过幅员宽广的南岛公园，朝地铁锌矿场站走去。

今年夏天来得可真早，天气已经开始暖热起来。光是这一点就够谢天谢地了。他瞧着号角街上高朋满座的咖啡屋，每个人都欣喜雀跃不已。

大家都好快乐。光是这样就足以使人心暖。终于又度过一个寒冬。

他瞥见街上的自行车骑士，还有人在人行道上慢跑。

两位母亲推着婴儿车，从号角街上的超市走出来，其中一位身上还用绑带绑着小婴儿。小婴儿的头倚在母亲胸前，睡得好安稳。

他心想，真是生机盎然哪！

他知道，这想法真是够老套俗滥的，但是，见到此情此景，脑中还是浮现了这句话。对，没错，真是生机盎然！

他经过锌矿场站的书报摊，老天爷，《今日新闻》的头条又在鬼扯了。

"瑞典医师建议：在所有HIV呈阳性反应的患者腋下刺青，作为标记。"

他刻意撇过头，避开不看那刺眼的标题。今天才在医院得知自己可能呈阳性反应，看到这种标题，心情只会更加郁闷。

几个大概是就读托儿所的孩子正在毛皮湾公园玩耍。他驻足片刻，看着他们玩耍，面对刺眼的阳光，不禁眯起了眼睛。

其中一个孩子把球朝他踢来，想让他加入。他捡起球，抛回给他们，向他们挥手道别；他们也对他挥挥手。随后，他回到位于小丘街的住宅区，他就住在这里。

他的邻居爱琳是个个子矮小的妇人，平常他还会帮她跑跑腿，处理一些鸡毛蒜皮的小事。看见她站在楼梯间，他礼貌性地问候一声。

她告诉他，暖气终于修好了。他答道，太好了。然后，两人礼貌地点点头，算是尽到了邻居的本分，就进入各自的公寓房间，锁上门。

一回到家，班特做的第一件事就是打开阳台的门，让和煦的阳光与梅拉伦湖闪动的映影照进室内。天气真是好得不像话啊，他想，真应该跳进长岛区的浴场，好好泡个澡才对。

他养的猫飞快地跑到他跟前，在他脚边磨蹭，喵喵叫着，向主人讨抚摸。他将小猫抱在怀里，和它玩了一会儿；被抚摸的小猫立刻满意地呜呜叫着。班特在公寓里唯一的衣橱里翻找一条带子，一条腰带、浴袍用的绑带，再不然，一条绳子也成。

他不疾不徐地找着。总有可以用的东西吧！

最后，他选了一条足够长的电线。不知怎的，这条电线被他搁置在门口的地板上。

他从天花板挂钩上取下吊灯，小心翼翼地将吊灯放好。这盏大吊灯总共有四根吊臂，以及四个小小的琥珀色陶瓷灯罩，相当贵重，他可不想弄坏这盏吊灯。

电话铃声响起。反正他不赶时间，顺手就接起来。

"喂？我是班特。"

大家都说，他讲电话的声音真好听。

玛格达莲娜从国王花园的公共电话亭打给他，她说，同学们刚从茶馆订了一堆现做的鲜虾三明治，准备开庆功宴，问能不能请他过去，跟大家聚一聚，小酌两杯。

班特把听筒夹在肩膀与耳朵之间，同时绞尽脑汁，思考着怎样才能将电线打结。他晃神了一下，向对方赔不是，请玛格达莲娜再讲一次。

"我说，我们班上一半的人，还有整个斯德哥尔摩都在茶馆里，等你大驾光临！你什么时候来？"

她咯咯笑了。

班特也跟着笑了。

大家都说，他的笑声仿佛银铃——清脆、悦耳、好听。

"真有意思。我应该等一下就到。"

"怎么回事？你的声音听来怪怪的，发生什么事了吗？"

班特开始将自己绑紧。

"有吗？没有吧？没事，一切好得很。我只是……喂，听着，我马上来！"

"好吧。等会儿见！"

"等会儿见。"

班特正要挂上电话，这时，玛格达莲娜又补上一句："你知道吗？拉许·罗夫格兰问到你哦！"

班特眼神突然一亮。真令他意想不到！

"是皇家剧院的主任吗？"

"对，没错，就是他！"

"天哪！"班特脱口而出，又惊又喜。

"你出名啰，班仔！"玛格达莲娜继续咯咯笑着，"你现在可是大明星了！"

她笑得好开心。

班特也跟着她笑起来。两人笑得好开心。

"我就来了！"班特说道。有那么一会儿工夫，他由衷地感到雀跃。他又补上一句："我们等会儿见。"

"不要给我拖太久！大家就等你一个！"

"马上来，我保证！"

玛格达莲娜挂上电话，告诉同学，大明星班特很快就到。她边走边踩着轻盈的步伐，仿佛在跳舞。

班特挂上电话时，脸上挂着微笑。

拉许·罗夫格兰。皇家剧院。他真的是做梦也没想到！

这样一来，他不就得在苏珊娜·厄斯腾与拉许·罗夫格兰之间二选一了？他哈哈大笑。好困难的抉择啊！

然后，他站上椅子，小心翼翼地将电线绑在天花板的挂钩上。这种事还是得一丝不苟地完成，不能有丝毫马虎。他又笑了，好困难的抉择啊，呵呵！

他将头套进环圈。

他必须踮起脚尖，才能将头稳稳地套进环圈，确实拉紧。

有点不稳，有点恐怖。

在这种情况下要保持平衡还真有点难度。

他镇静下来，做了最后决定。他已经准备好将椅子一脚踢开。他开始用腹部呼吸。

现在，就是此刻。他手中握着自己的梦想。他非常清楚，自己的人生、命运、前途都将在今天决定。

他用鼻子吸气，努力使自己的呼吸保持平稳。他告诉自己，不能在这个节骨眼上被恐慌打倒。

阳光缓缓掠过屋顶。今天，一整晚，夕阳将会悬挂在阳台上，流连忘返，不愿离去。他多么想念那些夏夜时光，与本杰明、拉斯穆斯和其他朋友来上一瓶红酒，把酒言欢。没有比这更美好的事了。

就在这时，他养的小猫突然跳到他站着的椅子上，磨蹭着他的双脚。他摇晃着，倾斜着，几乎要坠落在地。

"喵喵！"他呻吟道，"不要闹啦！现在不可以！"

他费尽千辛万苦，才把头从环圈里取出，温柔地将小猫抱在怀里。小猫突然感到莫名的不安，四条腿又踢又蹬，不愿乖乖就范。他抱着小猫，打开门，把它留在外面，对它轻声说道："小老太婆，你就好好在外面玩吧！别来烦我！"

随后，他关上门，把猫留在外面。

他现在可不能放松。要是一放松，他就会感到无比恐惧，整件事就搞砸了。

很快就没事了。

然后，他就不用再害怕了。

现在正是6月，盛夏时光犹如豆蔻年华的少女，最是美好动人。他好想再一次走到阳台上，深吸一口气，让新鲜暖和的空气浸润肺部。

这真是美好的一天，使人心情愉悦。

仿佛在预告某件惊天动地的大事即将发生。

老天爷，是拉许·罗夫格兰啊！

他搞定了，他办到了！全世界都是他的了！就是现在，就是此刻，全世界都掌握在他手上了！

他对此感到敬畏，心怀感恩。

"要从四十二号街走好长一段路，才会到百老汇；还是，再过两个街区就到了，对不对？"

他喃喃自语，摇摇头，微笑一下，然后走回屋内。

重新站上椅子，再度把头套进环圈。

再度踮起脚尖，倾斜一下，试图取得平衡。

不知为什么，他瞧了瞧自己的腕表。

"好啊，"他高声说，"现在是4点15分……"

这将是他的最后一句话。

他可以感觉到自己的心脏仍然在跳动。

他心想，这颗心是永远、永远不会停止跳动的。

他朝湛蓝的盛夏天空投去最后一瞥，然后将身子向前倾，再向前倾一点，缓缓向前踮步，倾斜，然后放任自己坠落……

椅子四脚朝天。电线猛然拉直。天花板出现一道裂缝，但挂钩还是挺住了。

他脑中最后想的是，天空好蓝……

不可思议的蓝色澄澈天空……

两个小时后，他的邻居老妇人爱琳出门倒垃圾。她看到班特的小猫蹲坐在门外，喵喵叫着。

"小猫咪，你怎么啦？你在这里干什么呀？"

门铃响起。本杰明有些讶异，这时候不该有访客的。拉斯穆斯还在大学上课，他们的朋友通常不会在下午上门来。

他的父母就站在门外，一如往常，两人的穿着非常正式得体。父亲的胡子刮得干净利落，黑色西装整齐而笔挺；母亲身着黑色洋装，头发往后扎成一个整齐的辫子。

他们来拜访他，这真是破天荒啊！

他既震惊又困惑，不过，他还是很高兴。

他们先在门口呆立了一会儿。本杰明一时没反应过来，甚至没开口请父母进门。

最后还是英格玛先清了清喉咙。

"我们在想……嗯，我们可以进门看看吗？"

布丽塔摇了摇手中的ICA超市购物袋，微笑着。

"我们带了小点心来。"

她先把一束玫瑰花递给本杰明，感觉非常正式，仿佛在进行某种仪式，随后才将购物袋交给儿子。

"是，是，进来，进来。"他还有些疑惑不解，口气显得有些粗鲁。父母则是害羞、谨慎而小心地踏进屋子。身为耶和华见证人，当他们出外执行任务，获得屋主同意进门时，就是这么谨慎，这么小心翼翼。

本杰明这下更是大惑不解了。

上星期他告诉母亲自己是同性恋，决心离开教会以后，他们找上门来了。他这下反倒不知该如何面对父母。

他们专程来找他，如此隆重地特地来拜访他，顿时让他呆若木鸡。

"家里就你一个人吗？"英格玛进入狭小的玄关，在唯一的房间门前止步，作势观望着。

这种表情，让本杰明根本搞不清楚，他们究竟是也想来探望拉斯穆斯呢，还是因为刚好没碰见他而感到庆幸不已？

"如果你是想找拉斯穆斯的话，他现在不在家。"本杰明知道，自己的声音不必如此充满攻击性，但他就是忍不住。

"这样啊。"老爸不疾不徐地脱鞋，脚上只穿着袜子，在房里走来走去，好像整栋房子充满了未知，需要他仔细考察。

本杰明带着玫瑰花走进厨房，顺便看看购物袋里到底装了些什么。

"你们还买了蛋糕。鲜花和蛋糕？这是什么意思？"

他咯咯笑起来。

"今天有人生日吗？"

父母没有答话。他们一边等本杰明把咖啡端上来，一边四处张望着。

整个公寓只有一个房间，摆设非常简单。里头只有一张不怎么宽的床，本杰明和那个叫拉斯穆斯的，一定就睡在这里。旁边有一张桌子，两张简陋的折叠椅，墙上挂着几张风景明信片，以及一张耶和华见证会的插画。插画上有着全家福，狮子与羔羊其乐融融地共处，是典型的天堂情景。

本杰明将玫瑰花插在玻璃杯里，从厨房走出来。父母刚想说话，看到插在杯子里的花，讶异到说不出话来。

"我们才在想……"英格玛说。

"我们不知道……"布丽塔说。

两人不由得脸红。本杰明注视着他们，眼神无比温柔。

"我们这边没有花瓶，"他边说边把装在水杯里的玫瑰花放在桌上，"所以，我想，就用杯子装吧。"

"是，这样也挺好的。"布丽塔连忙接话。

花朵一直往玻璃杯壁下垂，本杰明不得不把花茎靠在墙上。随后，他又把装在小盘子上的蛋糕端进来。

"蛋糕看起来好吃极了，可不是每天都有蛋糕吃呢！"

"的确，的确……"父亲边附和，边找地方坐下。母亲问本杰明，需不需要帮忙煮咖啡。本杰明则满不在乎地说，他早就把咖啡机准备好了，不用担心，坐下吧！

"爸，你就坐床上吧！我和妈妈坐椅子上。"

英格玛犹豫不决，恐惧不安地瞧着床铺，然后才小心翼翼地坐在床沿。

本杰明从眼角瞥见父亲的坐姿。他的坐相显得不太自然。

"我去拿咖啡。"他连忙闪进厨房。

这是父母第一次来找他，情况有点尴尬。他告诉自己，这很正常，自从他摊牌以后，他和父亲就不曾说过话了。

他把咖啡端进来，倒在杯里。大家喝起咖啡，吃着蛋糕。

他们安静地把盘子拿在手中，一声不吭。餐桌前只有汤匙触及盘子的声响。母亲啜了一口咖啡，父亲则又清了清喉咙。

本杰明认为他必须打破这片紧张的沉默。他们必须正视对方，平心静气谈谈他所做的决定，以及发生的一切。

他转向父亲："你和妈谈过了吗？"

"是。"

父亲没有多说，他用手指指嘴巴，表示自己正在咀嚼。

当他终于吞下嘴里的食物，平静、没有愤怒、不带责难意味地问："你确定吗？完全确定吗？"

本杰明直视父亲的眼神，对他竟能如此平静而感到惊讶不已。

"是的。我已经确定了。"

他们继续吃着。本杰明又将一小块蛋糕递到母亲面前。她没有动那块蛋糕。

"总是有解药的。"她用餐巾纸擦擦嘴角。

"不，妈妈，"本杰明保持冷静，"我的决定就是这样了。"

此时，英格玛再也无法抑制心中的绝望与愤懑。

"孩子……你身上真的带着一块肉中刺！这是上帝对你的试炼！"

本杰明注视着父亲。他是如此优雅、温暖而慈爱。

如果他能够解释，自己实在没别的选择，如果他可以让父母了解自己的处境就好了。他真的走投无路了！

但他也知道，现在不适合对父母解释这些。

"爸，我已经跟教会长辈们谈过了。"他简短且毫不迟疑地说。

"这我知道。"父亲不满地哼了一声，难掩心中不悦。

本杰明继续说下去："我已告诉他们，我不再是见证人了。"

他竟然就这么说了。

母亲开始啜泣起来，但还是继续吃着蛋糕。

父亲气得不住地颤抖，脸色一紧，背板一挺，口气突然严肃起来。

"既然这样，你知道规定！"

本杰明闭上眼睛，光是听到父亲的口气，就知道他想说什么。事先他还没料到这一切，现在他完全懂了。

他的血液瞬间冷却下来。他轻轻地摇摇头，然后轻声说道："不，不需要这样的，爸。"

父亲仿佛费了一番功夫，才强压下心中的情感，强迫自己保持冷静、坚决、客观、超然。

上帝托付给家长的任务，就是引导家中其他成员。他必须保持威严。

"你知道规定！"

本杰明吃着蛋糕，咀嚼着，吞咽，漠然地直视前方。

突然，他停止咀嚼。

他注视着玫瑰花、蛋糕，再看看父母，仿佛大梦初醒。

"玫瑰花、蛋糕。原来是这样啊……"

妈妈一语不发，静静地喝着咖啡。父亲则将眼神移向窗外，定神向外瞧着。本杰明试图寻求眼神接触，但爸妈对他视而不见。

"这就是我的葬礼……"本杰明不由得打了个冷战。

爸爸犹豫了一下，欲言又止，随即将杯中咖啡一饮而尽。

"是的。"

他们继续咀嚼，继续重复不断地咀嚼。

嘴里的蛋糕越塞越多。

本杰明把盘子推开，爸妈则一语不发，继续吃着蛋糕。

非常坚决，仿佛非把蛋糕一次吃完不可。

直到蛋糕一块不剩才停止。

没有人再多说一句话。

过了一会儿，父母站在门口，准备离去。

英格玛与本杰明相拥："永别了。"

本杰明开始哭泣，像闯了祸并请求母亲原谅的孩子一般，喊着妈妈的名字。他只想确定，不管他去了哪里，做了什么，母亲都会陪着他。

"妈妈，我不是坏人……"他像做错事而乞求饶恕的孩子一样，绝望地喊着妈妈的名字。

他紧紧抱着母亲，止不住眼泪。

母亲的声音却异常地空洞冷漠："是的，我的孩子，你不是坏人。"

她僵硬地抱抱他，随后马上抽开身子，背部一挺："好了，不要再说了。"

她看了儿子最后一眼，然后转过身去。

"我爱你们……"本杰明绝望地喊着。他的声音在空洞的长廊上回响着。

"我们也爱你。"父亲向他保证。

随后，他将手搭在妻子肩上，两人走下楼梯，离开了公寓。

吃过晚餐，他负责洗碗，妻子负责哄孩子们入睡。这座夏季度假屋耸立于峭壁之上，站在阳台上即可将落日与美丽海景尽收眼底。他总爱笑着说，这就是他们的瞭望台。大家都觉得，这个玩笑说得真好，真是有趣。

他们刚才就在阳台上，吃着刚钓上来的鲈鱼，还有土豆泥。他又回到阳台，检查有没有还没收的餐具。

突然，他发现儿子印在玻璃窗上的手印，在落日余晖下闪闪发亮。

他明明记得，当初儿子在洗净的玻璃窗上留下污渍时，就已经乖乖听从他的指示，擦掉手印了。但不知道为什么，手印从未真正擦干净。有时就是会发生这种事情。

他听见布丽塔唱着摇篮曲。现在孩子们已经入睡了，他总不能为了这种事情，把儿子从床上抓起来。可是，他又不能对这手印视而不见。

他从肩上抓下桌布。掌印在落日余晖下显得格外清晰，被夕阳照得好亮、好亮。之前儿子用手抓鲱鱼吃，留在玻璃窗上的，想必就是他手上的油渍了。

有那么一瞬间，父亲站在窗前，仔细地端详小男孩的手掌印。

儿子的手掌好小，每只手有五根手指头，象征了某种圆满。有那么片刻，他内心充满着敬畏与感激，为自己获得上帝的信任，为耶和华将生命交付给他而感激不已。这真是莫大的恩典，无比的责任。

面对爱，有那么一瞬间，他竟无法自主。

他静静地站着，凝视着儿子小小的掌印。为了这一刻，他愿对真主耶和华献上最诚挚的谢意；他祈求自己的一对子女日后都能成为耶和华忠诚的仆人，用生命荣耀主的名。

然后，父亲打了个冷战，将儿子的掌印从玻璃窗上抹去。

这是该做的事，他责无旁贷。

干净的玻璃窗上，独留斜阳与晴空相映，闪闪发光。

教会长老与资深会员的聚会告一段落。

本杰明已与欧夫谈过，英格玛其实不需重复说明目前这使人不安的情况。

但他还是不顾一切地说了，仿佛准备概括承受。

"对此，我感到非常惭愧，我愿意退出长老会。"他悲切地做出结论。

不知为什么，他说着说着，竟然站了起来。

他的神情，仿佛正面对上帝与末日大审判，将自己生命中的功过全摊在桌上，等着最后的清算。

其他资深会员不安地交换眼神。最后，还是由欧夫负责回答英格玛。

"我们真的感到非常、非常遗憾。但我们也理解，你得做出这样的决定。"

英格玛深吸一口气。他们竟然要求他留下，他可没想到这一点。

"如果不能照顾自己家人的灵魂，又怎么能照顾教会呢！"他喊道。

没人敢回答他。

没人敢吭声。

他们都同意他的话。

布丽塔独自一人坐在书桌旁，非常冷静，完全不动声色。这时，假如有人从暗处监视她，也会不得不赞许她的表现。

　　她的笔迹一如往常娟秀，但下笔时却有点迟疑。虽然她完全知道该写些什么，但还是迟疑了一下。

　　已经过了几年了。此刻，她写给儿子的信，内容仍然不变。

本杰明，我的孩子：

我们又收到你的信了。

之前，我请你不要再写信来。现在，我还是请你不要再写信来。

你要了解，我爱你。我希望你一切安好。

但是，我假装你不存在。

布丽塔坐在书桌前写信的同时，同一座城市里，数以千计的人正在进行各式各样的活动。许多人还在工作，其他人正在学校，想必是望着窗外遐想着，希望能赶快下班下课，这样才能赶快去做其他好玩的事。窗外，春光烂漫。也许还有人想要骑车到浴场，趁着天黑前好好泡个澡。某人可能整天都在想，早上出门前和情人斗嘴、吵架，下班以后该怎么和对方和好。许多人可能正在公交车上、地铁车厢内，前往各自的目的地。

　　趁着烂漫春光，咖啡厅将桌椅堂而皇之地摆上人行道，客人们边喝咖啡，边吞云吐雾起来。有些人可能不该多吃蛋糕，但就是忍不住嘴馋，还是买了一块。还有许多人挤在超市购物，采购今晚的食材，或是需要请客吃饭，或只是为自己煮晚餐。孩子们在公园里嬉戏玩耍，爸妈在一旁看着，不时还得出声提醒他们：小心，不要跌倒了！人行道上人潮拥挤，大家都已下班、放学。清晨还使人感到春寒料峭，到了傍晚时分，天气却异常地暖和，春天的天气就是这样难以捉摸。广场上的小摊贩叫卖着堇菜与雏菊，有人边看边挑，边咕哝着：春天终于来了，应该不会再结霜了吧！

城里的一切正进行着，与此同时，有个人却躺在医院病床上。

他很年轻，还不到25岁，却饱受病痛，历尽沧桑的面孔苍白削瘦。

他艰难地呼吸着。

他只剩下几小时可活。

再多的氧气也没办法使情况有任何改善，护士小姐必须不时地进来查看垂死者的状况。她必须拉起黄色塑料床垫。病人的双脚早已变成蓝色。

她什么也没说。

其实，该说的都说了。没什么好说的了。至少，这位年轻人身旁围绕着关心他、爱他的人，他的爸妈，他的情人。

他的头垂向一边，嘴巴半张着，嘴唇干涩。他的呼吸非常不稳定，仿佛随时会断气。他的喉咙里发出奇怪的咯咯声响，好似里头有痰，使呼吸更加困难。

蜡黄的皮肤异常地单薄，吹弹可破；紧闭的眼皮不住地颤抖。

仿佛在找寻什么……

哈兰省的海岸。一家人悠闲地坐在沙滩椅上，欣赏着海景。此刻，夕阳几乎就要下山。拉斯穆斯坐在爸爸膝上，哈拉德用毛巾擦干儿子的身体。

"你着凉了吗？"莎拉不安地用手摩擦儿子的背，"是不是太冷了？"

"好冷。"拉斯穆斯边说边打了个冷战。

"那我们回家吧！"哈拉德做了决定。

"对，我们回家吧！"拉斯穆斯附和道。

他们继续坐着。

最后一抹斜阳已经消逝无踪，天一下子全暗下来。

他已经不坐在爸爸膝上了。

"爸？妈？我好冷，我现在想回家……"他边抱怨边转头四顾。

沙滩上一个人都没有。

沙滩上只剩他一人，独自面对无边的海与扑面而来的风。

浪头冲上沙滩。沙滩上，但见两张空空如也的沙滩椅。

其中一张被风吹得四脚朝天。

致　谢

　　在此感谢全国性平等与平反协会的史提格·欧克·派德生与QX网站的杨·佛斯，为我提供媒体数据库宝贵的资料与文献。

　　感谢为我讲述瑞典同性恋者抗争与艾滋病发展史的尼克·尤汉逊、谢尔·瑞达与乔治·史维德。

　　感谢与我进行访谈的艾瑞克·恩奎斯特、安娜·威尔堡与其他曾为耶和华见证会会员的见证人。

　　感谢公卫护士雪丝汀·玛诺奎斯特、谢尔图·史图尔逊（她就是那位罗斯勒海关天使！）以及萝塔·霍伯格。她们在艾滋病疫情扩张初期，在罗斯勒海关传染病医院担任助理护士。

　　蓓缇·格斯达夫为我提供关于科彭镇今昔的宝贵信息，爱娃·莉亚为我讲述关于西瑞典靠近博户斯芮索岛的故事，史蒂芬·英格斯壮告诉我关于汉玛滩的第一手信息，皮雅·尤汉逊使我更加了解表演艺术学院，安娜·林德（还有一位我忘记名字的男士）告诉我关于阿尔维卡阳山高中的内幕。在此致上诚挚的谢意。

　　下列文献，对本书的写作无比重要，特此致谢：《瑞典奇人异士》《社民党主政下的同性恋者》《男同性恋世界史》与《同理心的神秘力量》等文集。英格堡·史文松所著论文集《衣柜里的死尸》、挪威宗教学家达格·厄斯腾·安德修斯的论著《性与宗教》、卡琳·尤汉逊的《医学眼》、拉许·欧勒·考林的《最深沉的痛苦：艾滋之书》、班尼·韩瑞克森的报道《假想敌》，以及全国性平等与平反协会的论文总集《更安全的性行为》。

在我翻阅过的数千篇报道与文章中，有两篇文章特别值得一提，一是在1988年，尼斯·杨松勇敢挑战《今日新闻》所写下的辩论文章；二是刊载于书报《奥塔》（1986年第一期）关于艾滋病的特别报道——《请以知识、关爱与保险套迎接艾滋》。报道由爱娃·布鲁恩与其他人合编，我曾参与共同撰写，并有数段内容获得刊载。

图书在版编目（CIP）数据

戴上手套擦泪. Ⅱ, 陪伴 /（瑞典）乔纳斯·嘉德尔
著；郭腾坚译. -- 兰州：甘肃人民美术出版社，
2017.7

 ISBN 978-7-5527-0483-9

 Ⅰ. ①戴… Ⅱ. ①乔… ②郭… Ⅲ. ①长篇小说－瑞
典－现代 Ⅳ. ① I532.45

中国版本图书馆 CIP 数据核字（2016）第 309050 号

Torka Aldrig tårar Utan Handskar: 2Sjukdomen by Jonas Gardell
Copyright © 2013 by Jonas Gardell
First published by Norstedts, Sweden, in 2013
This edition is published by arrangement with Norstedts Agency
through The Grayhawk Agency
Simplified Chinese translation copyright © 2017
by Beijing Xiron Books Co., Ltd.
ALL RIGHTS RESERVED
著作权合同登记号 甘字：26-2017-0002

戴上手套擦泪 Ⅱ. 陪伴

（瑞典）乔纳斯·嘉德尔 著　　郭腾坚 译

出 版 人：王永生
责任编辑：马高强
装帧设计：山川 Gabryl

出版发行：甘肃人民美术出版社
地　　址：兰州市城关区读者大道 568 号
邮　　编：730030
电　　话：0931-8773149（编辑部）
　　　　　0931-8773269（发行部）
E－mail：gsart@126.com
网　　址：http//www.gansurt.com
印　　刷：三河市文通印刷包装有限公司
开　　本：880 毫米 ×1230 毫米　1/32
印　　张：9.5
插　　页：1
字　　数：195 千
版　　次：2017 年 7 月第 1 版
印　　次：2017 年 7 月第 1 次印刷
印　　数：1 ~ 18,000 册
书　　号：ISBN 978-7-5527-0483-9
定　　价：38.00 元